U0484901

李云电影文学剧本选
DI LIU HAO
YINXIANG

第六号银像

李 云◎著

时代出版传媒股份有限公司
安徽文艺出版社

李云，安徽省作家协会秘书长，《诗歌月刊》主编，中国作家协会会员，鲁迅文学院33届学员。曾有小说、诗歌、散文在《人民文学》《十月》《中国作家》《诗刊》《小说月报原创版》《作品》《诗选刊》《星星》《江南》《绿风》《草堂》《北京文学》《雨花》《小说林》《中国诗歌》《长江文艺·好小说》《大家》《作品与争鸣》等刊物刊发并选载。有作品在《人民日报》《人民文学》征文中获奖，并入选多种年鉴和选本。发表电影剧本《山鹰高飞》（安徽省委宣传部重点扶持项目）、《第六号银像》（院线电影）等，出版诗集《水路》《一切皆由悲喜》《巨变》、长篇小说《大通风云》、长篇报告文学《一条大河波浪宽》（与他人合作）。被评为"2019名人堂·年度十大诗人"，中篇小说《大鱼在淮》获安徽省社会科学奖。

安徽省委宣传部 2022 年重点扶持项目、院线电影《6 号银像》部分剧照

梅大栋（张桐饰演）在写《八平歌》

梅母（王丽饰演）在为孩子补衣服

梅大栋从安源护送马克思银像回家

梅大栋和家人团聚

伪县长(李墨言饰演)等人商量抓捕梅大栋、梅大梁

第六号银像

DI LIU HAO YINXIANG

李云电影文学剧本选

李 云 ◎ 著

时代出版传媒股份有限公司
安徽文艺出版社

图书在版编目（CIP）数据

第六号银像：李云电影文学剧本选/李云著.—合肥：安徽文艺出版社，2022.4

ISBN 978-7-5396-7286-1

Ⅰ．①第… Ⅱ．①李… Ⅲ．①电影文学剧本－作品集－中国－当代 Ⅳ．①I235.1

中国版本图书馆CIP数据核字(2021)第175370号

出 版 人：姚 巍
责任编辑：张妍妍　　姚爱云　　装帧设计：张诚鑫

出版发行：时代出版传媒股份有限公司　www.press-mart.com
　　　　　安徽文艺出版社　　www.awpub.com
地　　址：合肥市翡翠路1118号　邮政编码：230071
营 销 部：(0551)63533889
印　　制：安徽新华印刷股份有限公司　(0551)65859551

开本：700×1000　1/16　印张：13.5　字数：200千字
版次：2022年4月第1版
印次：2022年4月第1次印刷
定价：78.00元(精装)

（如发现印装质量问题，影响阅读，请与出版社联系调换）
版权所有，侵权必究

序

存在与澄明
——读李云影视剧本有感

在《诗人何为》中,海德格尔说:"语言就是存在的家。"无论是否意识到,我们都生活在被描述的世界里,在语言中栖居。这是语言的宿命,是语言的重负,也是语言的荣耀。存在是被遮蔽的,真实是被掩盖的,语言的澄明是揭示存在的唯一途径。作为诗人的李云,已经在"替天言道"的道路上走得很远,但是很显然,他并不满足箴言式的显现,他需要创世纪式的展现,于是就有了作为小说家的李云和剧作家的李云——当然,"诗"是植入李云血脉的基因,他从未忘记将语言的染色体植入他的小说和剧作。"诗"是一切艺术的通性,李云深谙此道。

对于一个作家来说,态度决定一切,对语言的敬畏程度决定一切。语言是李云的神祇,通过语言抵达真相,借助语言澄明他意识到的"存在",是他一直以来的追求。清人龚自珍在《定庵续集》中言道:"欲知大道,必先为史。灭人之国,必先去其史。"对于百年未有之大变局,对于"四个自信",李云有深刻的体悟,有独到的理解,有自觉的使命感。他要通过语言复原历史,通过语言自身的规律、语言的启示、语言的理性和感性,钻通时间的隧道,澄明存在的真实。本书收录的两篇剧作,是李云成功的尝试。

　　从本书的两篇作品可以看出,李云秉承坚定的唯物史观。这是一种可贵的文学品质,更是一种可贵的史学品质。它让"澄明"本身更具理性,更为庄严,因而呈现的结果更接近真相。真相从来都是狡猾的狐狸,它留给人看的往往只有一条晃动着的蓬松的尾巴,或一道倏忽而逝的影子,或一缕气息,甚至只是一个传说。就像本集的两部作品,它们都来自于这样的影子,这样的气息,李云靠着自己灵敏的嗅觉、艺术直觉、严密的逻辑能力和有力的史学武器,以语言为指南针,在"存在"渺忽的现场上,洞幽烛微,直逼"存在"本身,令其无所遁形。

　　《第六号银像》实有其人,实有其事,李云凭借仅有的实物概念,潜心钻研党史和地方志,采访主人公后人,慢慢潜入历史的深处,梅大栋、梅大梁兄弟的形象逐渐清晰起来,安源路矿大罢工的吼声就在耳边轰响,四一二反革命政变的鲜血仿佛溅到了他的脸上,令他的心灵震颤不已。他找到了语言,或者说语言找到了他,它们按照自身的逻辑演绎着,也引领着他进入"存在"。他通过对梅大栋、梅大梁兄弟等人保护马克思银像,唤醒民智,发动群众反抗压迫活动的描写,再现了那段波澜壮阔的革命画卷,成功塑造了以梅大栋、梅大梁为代表的共产党员形象,雄辩地证实着马克思主义必然可以救中国的真理。

《山鹰高飞》也有实物、实地和人物原型,但传说早已被风吹散在大别山深处。山鹰在高天中滑翔,它的影子落在李云的瞳仁上,也落在他诗性的视网膜上。李云的诗性是一张网,语言是网的经纬,他要用它来打捞消散的影像:他们的声音,他们的呼吸,他们的悲伤喜悦,以及作用于他们命运的那双模糊的大手。他成功了。隔着近百年的历史烟霭,我们看见一群孩子紧张而兴奋地走在山道上,他们的手里提着油桶,里面盛着偷偷收集来的桐油、煤油、菜油,他们在为红军的"列宁号"飞机送油,想当然地想让它像山鹰一样飞起来。他们走在李云的语言之路上,也走在客观和必然的路上。他们自觉的行为无声地昭示着:共产党领导的革命得到了最广泛的拥护,它必将取得成功。在这篇作品里,李云展现了他的"野心",多声部叙事,多个人物出场,多而不乱,多而清晰。众多的"多"最终形成集束弹,形成混响,令天地为之动容。

除了语言的精准和想象力,除了正确的历史观,除了对技法的娴熟运用——巧妙的角色冲突设置、巧妙的表面张力创造、适时的转折点设置、明确的关键匙(银像和飞机),李云还有敏锐的艺术自觉。他像行走的木铎,在徽韵悠悠的大地上聆听风吟,采诗缀篇。他热爱徽文化,自觉地发掘本土的资源,让它们都没有白白"存在"过,让它们通过语言的方式永存。相信在以后的创作中,除了红色文化之外,徽州文化、皖江文化、淮河文化一定都会像那只山鹰一样进入他的视野,都会孕育成鲜活的形象,他都能以他独特的语言,将它们从晦冥莫辨的"无",一点点勾形着色,一点点澄明为有形有色有呼吸的"有"。期待更多的"存在"被形象而诗意地澄明,期待它们在纸上,通过语言的方式,通过大脑感受语言、描绘语言的方式,再活一次。

是为序。

(禹成明,安徽省文联副主席、安徽省影视家协会主席)

目　　录

序：存在与澄明
　　——读李云影视剧本有感　禹成明／1

第六号银像／1
山鹰高飞／101

后记／204

第六号银像

——献给为了革命事业牺牲的先烈们

导　演：李墨言
主　演：张　桐
　　　　杨　猛
　　　　陈　创
　　　　王　丽
　　　　马灿灿等

人　物　表

1. 梅大栋:马克思银像的保护者,中共安徽省旌德县支部书记。

2. 梅大梁:梅大栋之弟,共产党员,为保护马克思银像牺牲。

3. 朱少白(女):梅大栋之妻,共产党员。

4. 梅母(宋坤荣,女):梅大栋、梅大梁之母。

5. 何聪(女):梅大梁的恋人。北伐军战士,后到武汉帮助梅大栋工作。

6. 马青红:曾是小偷,在梅大栋教育下参加革命。

7. 焦尔神父:法国籍,神父。帮助过梅大栋。

8. 莫方平:旌德县梅村土豪地主,宣城伪议员。

9. 唐县长:旌德县伪县长。阴险、狡猾。

10. 赵允鸿:叛徒。

其他:安源路矿俱乐部负责人、旌德县第一批共产党员、农会同志、自卫队同志若干、家丁、巡警等。

序

1.安源路矿俱乐部　内　夜

　　远处传来警笛声和零星的枪声。

　　屋内,一尊马克思银像。安源路矿俱乐部负责人用红绸布包好马克思银像,交给年轻的共产党员、俱乐部秘书梅大栋,神情凝重地说:"大栋同志,现在情况危急,敌人会疯狂抓捕共产党人,上级党组织让你赶快隐蔽,转移去皖南你老家开展斗争工作。这尊马克思银像是共产国际给中国共产党的信物,现在组织上让你保管!你带着这尊银像马上转移!"

　　梅大栋接过银像:"请组织放心,我一定把它保管好。人在银像在!"

　　"不但要保管好,还要以马克思主义思想来唤醒民众,推翻这个吃人的黑暗社会。"中年负责人握了握梅大栋的手,"你快去吧!"

　　俱乐部室外传来警察的敲门声和谩骂声。

　　负责人把梅大栋推出后门:"快走!"

2.安源路矿俱乐部　外　夜

梅大栋含泪出门,紧紧抱着银像。身后转来一阵枪声。他怔了怔,接着用袖子擦了一下涌出的眼泪,急速向窄巷里跑去。

一群警察追上,朝梅大栋喊:"站住!站住!再不站住老子要开枪了!"

"砰砰砰砰……"枪声起。

梅大栋受伤摔倒,银像摔在他的前方。

梅大栋快速爬起来,拿起银像。

定格:月光下的马克思银像

推出片名:第六号银像

3.长街　外　夜

枪声中,梅大栋拿起银像急速向前方跑去。

(出演职表)

4.吴氏中医诊所 内 晨

吴中医正在给梅大栋取背上的子弹："小伙子,你要感到疼就叫一声,我这是中医诊所,没麻药,对不住了。"

梅大栋咬着一团毛巾,头上流下了汗珠。

吴中医边做手术边叹息："这是什么世道,随便杀人,随便抓人,今天五千多个矿工都被警察押走了,他们还枪毙了不少共产党员。嗐!"

梅大栋一脸痛苦。

吴中医把子弹取了出来,扔在瓷盒里,"当"的一声响。

"好了!你休息几天,多换几次药,半个月就没事了。"吴中医边包扎边告诉梅大栋。

梅大栋拿下咬着的毛巾,重重地吐了口气,慢慢地站了起来,穿上衣衫："谢谢你!我得走了,我还有重要的事要办。"

"你不要命了?这外面下着雨,这枪伤一旦感染可是要出人命的!"吴中医急切地说。

"不行!我必须走,在这里会连累你的。"梅大栋说。

"我知道你是俱乐部的人,但你也不能不要命呀!"

"安源我是不能待了。这是医疗费,你收下,可能少了些,我只有这点儿。"

吴中医摆摆手,递过来一个药瓶："我不会收你的钱。喏,这个是我祖传的吴氏创伤愈合丸,你带上。秋天多雨,你的伤口不能进生水。"

梅大栋接过来,拎起一只藤箱就走:"谢谢!"

吴中医打开门,四处打量一下,回过头对梅大栋说:"现在没什么人,快走。记住要换药,要吃我的药丸。"

梅大栋说:"谢谢你的救命之恩!"说完闪出门外。

吴中医关上门,感叹:"真是条汉子!关公也莫过如此!"

5.某关卡　外　日

梅大栋拎着藤箱在不远处的土坡上望向关卡。

关卡上,警察正在检查过卡的一排行人。

警察甲在喊着:"是工人俱乐部的人、共产党'赤色分子'的自动站出来,不然被老子查出来,可有好果子吃的!"

警察乙在用枪托打过关口的行人。

梅大栋一脸焦急的表情。

内心独白(画外音):看样子过不了这关卡了,这怎么办?怎么办?

关卡处有几位安源路矿俱乐部的人被抓了起来。

梅大栋自责地望向关卡:"我怎么办?过关卡,这银像要是被查出来,那我就真的对不起党了……我真无用啊!"他重重地用双拳捶着自己的头,蹲了下来。

梅大栋沮丧地站起来,慢慢走下山坡,向回路走去。

6.坡下泥路　外　日

梅大栋走到山坡下。

路上正过来一辆牛车,车上拉着粮食,牛车陷在一个泥坑里,一位牛把式,正在用鞭子抽打牛背,牛发出"哞哞"的叫声。

梅大栋犹豫了一下,把藤箱扔到车上,跳到泥坑里用受伤的肩膀扛着牛车轮,嘴里喊着:"加把力呀,嗨哟！就出坑了,嗨哟！"

牛车从泥坑里驶出,牛把式回过头对梅大栋说:"这位先生,今天多亏了你。唉,你看你的鞋和裤子却弄脏了,这怎么好呀？……"

梅大栋笑了笑:"没什么,洗洗就好了。"说着就走向路边的溪边脱鞋洗脚。

牛把式跟了过来,见到梅大栋肩上流了血,就说:"啊,你肩膀怎么流血了？"

梅大栋看了看被血浸透的衣衫,说:"我肩上生了疮,刚才一用力……没事。"

"你真是大好人呀！"牛把式激动地说,"先生,你这是要去哪？"

梅大栋:"我到武汉去,老兄您呢？"

"我是去萍乡送军粮的。"牛把式说,"这样吧,你上我牛车上坐坐,我捎你一程哦。"

梅大栋看向关卡,笑起来:"好啊好啊!"

牛把式说:"先生,就请上车吧。"

梅大栋把红布包裹的银像从怀中掏出,对牛把式说:"老兄,我这里有个家传银器,我怕过卡点时被他们'打秋风'给卡了,我想放在你的粮袋里,可以吗?"

牛把式看了看梅大栋:"这位小哥,我看你不像坏人,我信你,把东西给我。"

梅大栋欣喜地把银像递给牛把式。

牛把式卸下几个粮包,解开一个粮包口,把银像塞入其中,扎好口袋,拍了拍粮包,对梅大栋说:"行啦!先生就放心吧。"

梅大栋连声说:"那就多谢老兄了。"

牛把式深深地看了梅大栋一眼:"对了,你现在就是我梁家粮行三少爷了,你有一个哥哥,一个姐姐……先生,你明白了吗?"

梅大栋愣了愣:"明白了,明白了!"

牛把式甩动赶牛鞭,一声脆响:"驾!"

7.泥路　外　日

牛车吱呀前行。

车上,牛把式含笑吆喝,梅大栋紧张地望向关卡。

牛车离关卡越来越近。

8.某卡点　外　日

车到卡点前。

几个警察围过来:"停车！停车检查!"

牛把式把马叫停,跳下车:"辛苦了几位官爷,我们是梁家粮行的,这是我家少爷。我们刚收点新稻,这不,回萍乡去送军粮的。"

一个警察说:"这是梁家字号,这少爷我怎么不认识?"

梅大栋说:"我在武汉上学,刚放暑假,才回来下乡帮家里收点新稻。"

警察问:"你在家老几?"

"我行三,老小。"梅大栋说。

"你两个哥哥可好?"警察问。

"谢谢你关心,他们都好,不过我只有一哥一姐。"梅大栋向这个警察拱拱手。

另一个警察用刺刀捅粮袋,牛把式连忙拦着:"使不得呀!"

梅大栋说:"让他们查。"

一警察:"三少爷,请你理解,这安源闹事,我们查的是'共匪'!"

梅大栋说:"我明白。我说他大叔,下一包新稻给这几位官爷尝尝鲜,账算我的。"

"好的。"牛把式应道。

警察停止了捅刺刀,另一警察挥手道:"走吧,走吧!"

牛车走动。

9.山道　外　日

梅大栋跳下牛车,感激地说:"谢谢老兄!你的帮助之恩,我一定会报答,请问你高姓大名?"

牛把式看了看梅大栋,说:"我一个粗人没啥要记得的,你就叫我牛把式吧。先生怎么称呼?"

梅大栋回答:"我叫梅良楷,皖地宣州旌德梅村人。"

牛把式说:"我认你这位大好人。"

"不敢,不敢。"说完,梅大栋对牛把式鞠了一躬。牛把式说:"使不得。"

梅大栋笑笑,掏出两块大洋递给牛把式:"这是那一袋米钱,我们就此别过,这快到萍乡城了,他们会查得很紧,我不能连累你了。"

"那你走乡村小道一路奔西,坐船向东就可到武汉了。"牛把式向他指了指向西的山路。

"好的!"梅大栋点点头。

牛把式从粮袋里掏出红布包裹的银像:"能让我看看是什么宝贝吗?沉甸甸的。"

梅大栋摇了摇头,把大洋给牛把式。

牛把式也摇了摇头："我知道你是干大事的人，捎个脚的事，我不要钱。不过你这宝贝放在这藤箱里不安全，来，我给你这个渔鼓。"说着从车上拿过一只渔鼓，把渔鼓尾部拧开，露出一个暗盒。

牛把式把银像放到盒里："你看，没问题吧！"

梅大栋欣喜地接过渔鼓。

"好！祝你一路安全！"牛把式上了车，驾起车，向梅大栋挥了挥手。

梅大栋向牛车鞠了一躬。

10. 山道　外　日

牛把式在山道上赶着牛车。

路旁，焦尔神父拎着皮箱打着伞。

身后一队军人骑马过来，并高声喊着："闪开！闪开道！"

牛把式吆喝着两头牛让道。

两头牛在山道上左奔右突。牛把式勒着缰绳，口里喊："吁！吁！"

军人们骑马过来，一军官抽了牛把式一鞭，又在牛背上抽了几鞭子，扬长而去。

两头牛被抽得受了惊吓，朝山坡下冲去。

牛把式勒不住缰绳，只得跳下车来。两头牛冲下山坡，车倒翻，牛被车撞倒，一起向山下滚去。

牛把式见状，一抱头瘫坐在山道上，口里说："这可怎么向东家交代？我可怎么办是好呀？"

焦尔神父走过来，拍了拍牛把式的肩膀："上帝让我来救你的，这一切我都看见了。这事不怨你，是那群骑马的魔鬼干的坏事……别痛苦，一切都有上帝，主与你同在。"

牛把式看着留着黄色卷发和胡须，神情和悦的神父，嗫嚅道："我可怎么向东家交代？我……"

焦尔神父在胸前画十字："你跟我走吧，相信主会带你走出泥淖的。"

11.一组镜头

梅大栋举着渔鼓和包袱涉水过河，河水漫过伤口。

梅大栋自己给自己换药，伤口已经溃烂。

梅大栋在土地庙吃香灰，吃野葛根。

白天，梅大栋躲在一拱桥洞里睡觉被冻醒，他搂紧渔鼓。

夜晚，梅大栋在小村庄旁赶路，狗朝他吠着。

白天，梅大栋在山壁上攀缘着。

夜晚，梅大栋打着火把走着夜路。

12.某村　外　傍晚　大雨

何聪领着家丁,举着火把,打着雨伞,走在村道上。
火把离村口渐近。

13.村口　外　傍晚　大雨

某村口大榆树下,梅大栋双手紧紧搂着渔鼓靠在树上,颤抖着,肩头伤口被雨水浸湿了。他目光迷离,嘴唇颤抖,牙关相磕,显然进入高烧昏迷状态了。

梅大栋喃喃:"哦,恽代英先生!我又看见您了!又看到您在宣城师范为我们讲课了……"

闪回一:
恽代英(字幕)在宣城师范给梅大栋等学生讲革命道理:
恽代英在演讲:"青年学生要联合起来,改造乡土,改造国家……"
台下,梅大栋、梅大梁等学生兴奋地聆听着。

梅大栋喃喃:"哦,恽代英先生,是您亲笔写信,把我介绍到安源路矿俱乐部的……"

闪回二：恽代英带领梅大栋、吴华梓等几位同学在旌德、仙源深入学校、农家做社会调查。

梅大栋等学生在做革命演讲。

梅大栋等三位学生被开除学籍的布告。

恽代英将写好的信递给梅大栋："大栋，你在宣城待不下去了……这是我给你写的介绍信，你带着信去安源找少奇同志……"

梅大栋接信鞠躬："谢谢恽代英先生！我这就去安源……"

梅大栋喃喃："哦，安源！我怎舍得离开啊……"

闪回三：

安源路矿俱乐部，梅大栋持信报到。

刘少奇（字幕）在和安源煤业警察部谈判，梅大栋在做记录。

梅大栋等人面对党旗宣誓入党，党旗下放着马克思银像。

梅大栋在昏迷中喃喃，何聪等人走近。

家丁喊："少爷，树下有个人！"

何聪上前："哦……这人好像病了，快把他扶回家里！"

家丁应声："好的！少爷！"说着背起梅大栋。

雷声，闪电。

何聪等人打着火把，撑着雨伞，背着昏迷的梅大栋，向村庄走去。

  一道闪电,火把中人影闪进一宅院。

14.村庄　外　日

  鸡鸣村庄,晨雾萦绕。

15.何聪家　内　日

  梅大栋从床上惊醒。他环视周围,看到一张年轻的面孔,以为是自己的弟弟梅大梁,失口喊道:"大梁,大梁!"

  何聪坐在床头笑着说:"哈哈,终于醒了,你都睡三天了。"

  梅大栋挣扎着起身:"这是哪里?我这是在哪里?"

  何聪把他肩头按下说:"这里是九江何家村,我是何聪。"

  何聪旁边家丁样的人说:"是我家少爷把你救回来的。"

  梅大栋欠欠身子:"谢谢这位仁兄的救命之恩。"

  何聪笑了笑:"什么仁兄不仁兄的,我今年才十七岁,比你小。我叫何聪,你叫我老弟就可以,嘿嘿!"

  梅大栋"哦"了声:"十七岁?和我弟弟大梁同岁,我们有缘。"忽然急切地喊起来,"我的渔鼓呢?我的渔鼓呢?"

  何聪指了指橱子说:"都放在橱子里了,放心,没少你一样东西。"

"谢谢！把渔鼓给我。"梅大栋向何聪要渔鼓。

何聪拿过渔鼓递给梅大栋说："一只破渔鼓有什么金贵的？你昏迷时还死死抱着。给！"

梅大栋接过渔鼓掂了掂，坚定地说："它，它比我的命还金贵呢！我的命可以不要，但它一定要在。"

何聪乜斜他一眼："你是唱渔鼓的渔鼓佬？"

梅大栋摇摇头。

"哎，你还没告诉我你姓甚名谁呢。"何聪说。

梅大栋看了看何聪："实不相瞒，我姓梅名大栋，字良楷，旌德三都人，在武汉布行学徒。这些天，武汉闹事不太平，家母有病让我回家，无奈连夜赶路，又染暑疮未愈，吃了生水，就病倒了，幸得你施手相救。"

何聪说："我也在武汉上学，爹把我叫回来，我闷得发慌。你真厉害，从武汉到安徽要走几百里路，你竟一路走回去，佩服！"

"哪里哪里……还要谢谢你的救命之恩。"梅大栋拱手，"我也不发烧了，想早点告辞！"

"不行不行！你刚好些，大夫说得休息半个月。"何聪说。

这时，家丁进来："少爷！老爷让你过去说话。"

何聪朝梅大栋抬手示意："我去去就来。"

16.何聪家前厅　内　日

　　何老爷捧着水烟袋,"咕噜咕噜"抽着水烟。

　　何聪上前:"爹,找我有事?"

　　"早课温了吗?"

　　"温了,爹。"

　　"自己书房打扫了?"

　　"打扫得一尘不染。斗室不扫,何以扫天下!"

　　何老爷抬起头:"什么扫天下扫天下的,这是你可为的吗?这天下正处乱世之时,就是要'隐'。'隐'与'野'是上上之策。我何家就你一根独苗,只求你平安,把何家门楣光大即可,这扫天下的事就让他们去干吧。"

　　何聪眉头皱了皱。

　　"你救的那个人,我看来路不明。他的伤,郎中说是枪伤,可别惹祸上门。听说他已醒了,就给他几个大洋,让他哪来哪去吧!"何老爷说完又吸一口烟。

　　何聪急忙说:"那恐怕不成,他身体还十分虚弱,大夫说要休息半个月才能恢复,现在赶他走,他不会活命的,那还不如不救他呢!爹,您让他再住几天吧!"

　　何老爷板起脸:"不行！让他走!"

　　何聪还想说什么,梅大栋拎着箱子,背着一只渔鼓走进来。

梅大栋:"何老爷,我身体已康复,这就要告辞,谢谢你们的救命之恩。"

何老爷站起身:"举手之劳,不用言谢。既然贵体康复,先生还有大业要成就,老朽就不便挽留了。"

何聪:"爹!"

何老爷瞪了一眼:"嗯!"转身向家丁,"送上五块大洋给先生做盘缠路上用,望笑纳!"

梅大栋忙向何老爷拱手:"救命之恩在下已经无以为报,岂敢再要老伯的钱,在此谢过,我告辞了。"

何聪一拍椅子扶手,转身离开。

何老爷说:"送客!"

17.何家村口　外　日

梅大栋在村道上走着。

前方突然跳出来何聪。

何聪说:"你还没谢我呢,就要走?"

梅大栋说:"谢谢贤弟救命之恩。"

"怎么谢?"何聪问。

梅大栋掏出几块大洋:"我只有这些,不成敬意!"

何聪指着渔鼓:"我不稀罕钱,你把渔鼓给我吧!"

梅大栋说:"这万万不能!它比我的命还重要,不行!"

何聪说:"我知道渔鼓的秘密,那是卡尔·马克思的像,我在武汉书店看到过,我知道你是干什么的。"

梅大栋用手捂着何聪的嘴:"你别乱说,你什么时候看到的?"

何聪挣扎着说:"我不会说,咳咳,你快把我捂死了。"何聪咳了两声,"我在你昏迷时就看了你的渔鼓,它的重量引起我的怀疑,我仔细研究了一下,就看到了银像。"

"你!你!"梅大栋无措地说。

"放心,我在学校里就加入共青团了,我们是自己人。我不要渔鼓也可以,你带我一起干大事吧,闷在这何家村,我快窒息了。"何聪说着。

"这不成,你还小,我这次是真得完成一件组织上交办的大事。"梅大栋拒绝道。

"我一定要跟你走。"何聪执拗地说。

梅大栋说:"你是共青团员,我是共产党员,你得听党的话。现在我命令你,先回家完成学业,再找组织,参加革命。"

何聪说:"我、我一定要走!"说着伸手抓住渔鼓不放。

山道后方响起铜锣急脆的响声,传来何老爷和家丁的喊话:

"抓住拐人的'赤匪'!"

"聪儿别干糊涂事,那是要砍头的!"

"何聪同学,我命令你立刻回去,不然你就坏了革命的大事,你这是个人英雄主义。"梅大栋严肃地说。

何聪念叨:"个人英雄主义?……好,你走吧!我怎么找你?"

"给,这是我给弟弟梅大梁的家信,上面有地址,你顺便帮我把这封信寄了。"梅大栋拿出一封信给何聪。

何聪接过信,梅大栋疾步跑开。

何老爷和家丁们追上来。

何聪朝他们骂道:"追什么追?追魂呀!"说完摘下头上的学生帽,露出一头秀发。

何老爷叹了一口气。

18.长江　外　日

汽笛声声,江水东流,轮船穿梭。

安庆振风塔。

19.安庆码头前小客栈　内　日

梅大栋在小客栈门前馄饨摊吃馄饨,边吃边看着不远处的码头。

"老兄,别看了,这水路查封断航有好几天了,我都等了五天了。"一个也在吃馄饨的瘦脸汉子说。

"我也等三天了。"在吃面的焦尔神父接过话。

"嘻!"梅大栋叹了口气。

"叹什么气呀!你们要过江找我呀,在安庆就没有我二青红办不成的事。"一个戴鸭舌帽的青年从另一座席上走过来。

"你怎么让我过江?"焦尔神父问。

二青红脚踩在凳子上,把两个手指搓了搓:"你们每人交五块大洋,晚上三更我带你们上私船,保证天不亮就到对岸了。"

神父拍了下额头:"上帝,五块大洋?五块大洋可以帮两户受灾的农家了。"

瘦脸汉子说:"太多了,五块大洋快可以买一艘小划子了。"

二青红一弹烟灰,在神父肩上一拍:"你们嫌多就在这里等吧。"说话间,乘机把神父的钱袋偷去,快步走开了。

梅大栋看到二青红的偷窃过程,站起身来快步跟着二青红闪入小巷。

神父付账时,发现钱袋不在了,他向街上的巡警喊:"小偷,小偷,我的钱袋被偷了!"说着指着二青红走去的小巷。

两位巡警吹着警哨向小巷奔去。

"戴鸭舌帽的是小偷!"神父向巡警喊道。

牛把式扛着一箱东西过来,神父对他喊:"快去捉贼!"

牛把式放下东西,快步追去。

20.安庆小巷　外　日

二青红在奔跑,梅大栋在追赶,边追边喊:"站住!"

牛把式在后面追,也应声喊:"站住!"

长巷里,三人在一前一后地奔跑,巡警在后面追着。

二青红撞倒小贩的摊子,小贩在骂,梅大栋跑过去,牛把式也跑过小贩的摊子,小贩瞠目。

二青红的鸭舌帽跑丢在地上,梅大栋拾起来塞进自己口袋里,继续追赶。

21. 胡同　内　日

在一个死胡同里,二青红被追上,梅大栋抓住二青红的衣领:"把钱袋交出来!"

二青红气喘吁吁的:"我偷洋人的东西,你管得着吗?"

"谁的东西都不能偷!交出来,不然我送你去见官。"牛把式追上来说着。

牛把式和梅大栋一见面,同时说道:"是你!"

二青红见自己被抓住,只得交出钱袋:"好好!我算服了你们了,把老子跑伤了。老子认栽了!"

警哨子声远远传来。

梅大栋看到巷子里地上有一棵枯树,冲二青红说:"快!我们扛木头,骗过巡警。"

二青红领会,扛起木头的一头。

牛把式一愣,扛起另一头。

两个巡警追过来,巡警甲问:"看到一个戴鸭舌帽的人了吗?"

二青红低着头。

"刚跑向那边巷子了!"梅大栋向巡警指了指对面的巷子。

两巡警挥着木警棒向巷子深处追去。

见巡警走远,牛把式和二青红扔下肩扛的木头。

梅大栋对二青红说:"你快走吧,这是你的帽子。"

二青红接过帽子感激道:"谢谢你!没有把我交给警察。这恩我会回报你!"

"不用,只要好好做人就行,偷别人东西是可耻的。"梅大栋说。

二青红低下头说:"这世道不偷没法活,我只偷当官的、有钱人的。"

"那也不行。你看那个神父和我们一起吃面,他是有钱人吗?"牛把式说。

二青红没接他的话:"这样,今天晚上三更,你们到小埂来,我在那里送你们过江,算是我报答你们一次。"

"你说话当真?"梅大栋问。

"我二青红在这安庆地面,你问问,说话可假过!告辞了。"说完拱拱手,向巷口走去。

二青红一出巷口刚把鸭舌帽戴上,就被巡警看到,巡警喊:"戴鸭舌帽的小偷,给老子站住!"

"嗨!"二青红把帽子一摘,又奔跑起来。

巷子里,梅大栋、牛把式担心地看着远处的长巷。

梅大栋回头问牛把式:"牛老兄怎么来这里了?"

牛把式说:"嗨！一言难尽,现在跟着焦尔神父过活了。"

22.安庆码头客栈　内　日

焦尔神父正跪在一张耶稣的像前。

"万能上帝,保佑！快点把我们的募捐款追回来吧！"神父在胸口画着十字,"主啊！饶恕我的罪过！惩罚我吧！"

他抬头时,钱袋在跟前摇晃着。"上帝！我的上帝！"他一把抓着那羊皮钱袋。

梅大栋拎着钱袋站在他面前。

他看着梅大栋:"你……这钱?"

梅大栋微笑着:"你点点,看有没有少,我给你追回来了。"

神父问:"你是上帝派来的？你是我们的信徒?"

梅大栋摇摇头:"我不信神,我是无神论者！"

焦尔神父:"你一定要信上帝,上帝会保佑你的。"说完,从自己口袋里掏出来两块大洋,"给！这是奖赏,来自上帝的奖励,不是小费。"

梅大栋再次摇摇头:"你要给钱就给他吧,他也帮你追了。"说着朝牛把式指了指。

焦尔神父说:"他是我们的信徒,他不用的。那你要什么？这里的钱我不能给你,这都是今年信徒募捐给宣城抗旱的善款,我不能给你一分一厘。"

"我不要你的钱,要钱,我就不会来找你了。"

"那为什么?"

梅大栋正言:"只为了证明,中国人不都是小人、小偷。"

神父:"哦!我没有那意思……"

梅大栋看了看神父说:"这善款要早点送到灾民手里,不然不安全,今天晚上我们一起过江。"

神父高兴地哈哈大笑起来:"太好了!我说你是上帝派来的。"

梅大栋和牛把式也大笑起来。

23.安庆街头　外　日

安庆街景,渐至黄昏。

24.安庆小埂　外　夜

梅大栋和神父、牛把式等人走近芦苇丛边。

二青红戴着鸭舌帽闪出,神父指着二青红说:"小偷!贼!"

二青红一见梅大栋身边的神父等人有点不悦:"你怎么带他们来?"

梅大栋向他俩各自摆摆手:"都别说了,这里不安全,快安排我们过江。"

二青红扭头向芦苇丛中吹了声口哨,月色下,一条小船划了过来。

他们陆续上船。

二青红准备向他们告别时,忽然,江堤一队人打着电筒向这边奔来,警哨声响起。

二青红只得跳上船,向船主说:"不好,巡警来了!快划!快划!过江我给你双份钱。"

焦尔神父向旁边侧了侧身,躲闪着二青红。

二青红向神父扮了个鬼脸:"放心!我不会偷你钱。"

船在划动,离岸而去。

岸上,巡警望着船远去,生气地吹响警哨。

25.船上　外　夜

二青红看向梅大栋说:"恩人,还没请教你叫什么名字呢。"

"我叫梅良楷。"梅大栋答道。

"好名字,良民的楷模呀!"神父说。

"不过,我还有一个名字叫梅大栋,我的弟弟叫梅大梁。"梅大栋欣喜地说。

神父:"好!好!要做国家栋梁,这个名字寓意好呀!"

"你懂什么!"二青红不满地怼了神父一句。

牛把式说:"你才什么都不懂呢!你的名字不好,青红不分的二货。"

"你!"二青红恼火。

梅大栋说:"你这名字确实不好。你姓啥?我来给你起个名字。"

二青红低下头:"我是从孤儿院跑出来的,我也不知自己姓啥。"

"那你叫马青红吧!"梅大栋说。

"马青红,为什么要姓马?"二青红问。

"姓马好呀,马良、马超,还有马克思,都是姓马的!"梅大栋兴奋地说。

神父看了梅大栋一眼,问:"你信卡尔·马克思?"

梅大栋意识到自己失言,赶忙说:"我就是这么一说!"

二青红大笑:"好,我就叫马青红了。"

船向前驶去。

26.江北埂上　外　夜

马青红喊声:"看!到岸了!"

他们刚上岸,突然几束电筒光照着他们。一队巡警过来了。

一高个大胡子巡警说:"就知道你们要偷渡,你们不知道封江条令吗?"

一个巡警附在高个大胡子巡警耳旁说:"队长,这里有个洋人。"

"麻烦！"高个大胡子警察自言自语，"先搜身！"

一个巡警夺过梅大栋的渔鼓，梅大栋紧张地看着他。那个警察从鼓底搜出了银像，递给队长。

巡警队长拿着银像仔细看着，梅大栋上前要抢银像："还给我！还给我！"被两个巡警用枪托打倒在地。

神父冲到队长面前："我抗议，你们随便打人，这个雕像是我们的神物，你要归还给我们，你不给我会去你们省府告你。我抗议！"

巡警队长："神像？哦！一个外国大胡子，他的胡子比我的长。娘的，给你，这两个人也是你的人？"

"是我的两个伙计，一个是信徒。"神父看了看梅大栋和马青红、牛把式。

"滚吧！半夜丧气撞上一个洋和尚。"巡警队长挥了挥手。

"队长，就这样清汤寡水地收队了？"一巡警问。

巡警队长瞪了他一眼骂道："洋人你敢惹?！娘的，我看你小子是不想混了。"骂完向江堤走去。

27.山道　外　日

神父、马青红、梅大栋、牛把式四人在路边分手。

梅大栋对神父说："谢谢你！我们就此分别。我从这里经徽州去旌德，你们走官道去芜湖。青红和我去旌德三都好吗？"

马青红说："我还是去芜湖大码头闯闯，如找不到工做，我再去旌德找你。"

神父看着梅大栋:"我得去芜湖总堂汇报募捐情况。不久我会去宣城,可能还要去你们旌德教堂捐赠粮物给受灾农民,我们还会见面的。不过,密斯特梅,我知道你是信马克思的,但我还是希望你信上帝,信马克思危险,要杀头的!"

梅大栋握了一下神父的手:"谢谢你在关键时候救了我的银像。救了它,你就是救我的命。这一辈子我只会信马克思,杀了我的头,我也信,这个信仰,不会动摇。"

"为什么?"神父疑惑地问。

"因为他的思想引导我们,一无所有者有了做主人的希望,不受资本家和地主等一切剥削阶级的压迫,他是我们中国穷苦人的希望,也是世界穷苦人翻身做主人的希望。在没希望中求出个希望来,在死路上找到一条活路来,在黑暗里寻出光明来,你明白吗?"梅大栋激动地说。

神父沉思:"哦!我明白,马克思是贫穷人的上帝!你也是神父传教士,我们是同行。"

梅大栋哈哈大笑。

神父也大笑起来。

马青红被他俩的笑声弄得莫明其妙:"两个傻和尚。"

牛把式笑着说:"两个好人。"

神父说:"不过,这次是信上帝的信徒,救了信马克思的信徒。"

梅大栋目视前方:"是这样,但我坚信,这世界最后还是马克思

30

主义救天下人民。"

青山如黛,松涛阵阵,苍鹰击空……

28.山野　外　日

梅大栋抱着渔鼓走在山路上。

29.三都村梅家　内　日

一张梅大栋的照片。

梅母看着梅大栋的照片,对梅大梁说:"二仂仔,你今天再去山口看看你大哥回来没有,信都来十多天了,他该回来了吧。"

梅大梁说:"按讲是应该早回来了,我这就去看看。"

朱少白抱着儿子进屋叫梅母:"妈!我刚去镇上买了点猪肉,不知大栋今天回来不。"

梅母接过少白怀里的孩子浅笑:"少白,这大栋完婚不久就远走江西,一去三年,让你一个人带着娃儿受苦了。这下好了,大栋要回来了,苦日子到头了,孩子也能见到爸爸了。"梅母牵着儿媳朱少白的手说,"这回大栋回家,少白你可得管管他,别让他再出去跑了,一年内你再生个娃,他就不会再离开三都了。"

朱少白羞涩地低下头:"妈!"

梅大梁在一边起哄:"嫂子脸红了。"

朱少白啧了一下大梁:"贫嘴,你哥回来我非告你状。"

"嫂子饶了我。"大梁调皮地说。

"不让我说也行,你把你哥的来信再让我看下。"朱少白索要信件。

大梁故意说:"那封信你都倒背如流了,还要看呀。"

朱少白说:"我就是要再看一下嘛!"

大梁说:"看信还不如见人。今天一早喜鹊就围着我们家门口叫个不停,我想八成是大哥今天回来。走,我们到山口迎他去。"

"真的？妈,是真的吗?"朱少白问。

梅母说:"一早上是有不少鸟在门口松树上叫个不停呢!"

朱少白拽了一下大梁,向门外跑去。

梅母抱着孩子在门前看着他俩的背影,微笑着说:"慢点跑,别摔倒了。"

30.山口　外　日

夕阳慢慢西沉,落日熔金。

梅大梁和朱少白在远眺,苍山逶迤,山道如练。

朱少白痴痴的眼神。

闪回:1923 年春　三都村山口　晨

有身孕的朱少白流着泪送梅大栋。

梅大栋帮朱少白擦了擦眼泪说:"你放心,我这次是恽代英老师推荐去安源的。恽老师说那里是革命的心脏,我这次一定取回真经,找到党组织,再回来带着大家干革命,我不信斗不倒莫方平这些土豪劣绅、贪官污吏。只是你有身孕,要吃许多苦的。"

朱少白说:"大栋,你放心去干你的事,我能挺得住,我等你回来。如果你回来,就先来封信给大梁学校,他能收到,我就会天天在这等你。你白天回,我会唱山歌迎你;晚上回,我会打火把接你。"

梅大栋深情:"好哦!我只要回家,就在村口把火把挥三下……"

画外传来梅大梁的喊声:"嫂子!嫂子——"

淡出。

朱少白恍若醒来:"哦,大梁,你哥回来了?"

梅大梁:"嫂子,你是想痴了吧?山道上哪有人来啊。"

山道上没有行人。

"嫂子,我看今天哥哥回不来了。山风凉,我们还是明天再来等吧。"大梁说。

"再等等,我想那喜鹊有灵性,不会骗人的。"朱少白说道。

"再等,就要打火把回家了。"大梁劝道。

朱少白说:"好兄弟,再等一下。信上不是说他有重要的东西要带回来吗？这重要的东西肯定很重，他一路风尘也是很累，我们帮他搬下、扛下也是好的。"

大梁说："好吧！"

朱少白看向山道。

天渐暗黑。

大梁点燃火把，对朱少白说："嫂嫂，我们回吧。天黑透了，侄儿还在家里等你呢。"

朱少白不舍地又回头看山道，失望地说："好吧！我们回家！"

他俩回身走着。

远处山口，有一火把亮起。

朱少白回头看看，揉了揉眼睛，指着远处亮光："你看，大梁你快看，你哥哥回来了。"

大梁看着远处的光亮："不一定是哥哥吧！"

朱少白抢走火把向远处由上向下挥动三下，远处火把也从上向下挥动三下。

朱少白跳了起来："是你哥，是你哥！"接着向远方喊着，"大栋！大栋！"

远处依稀传来回应："少白！少白！"，

朱少白打着火把向山道奔去："大栋！大栋——"

大梁又点燃一支火把随后跑去，边跑边问："你怎么知道他是我哥？"

朱少白停了下步子说："三年前，我们约定好的。"

两支火把在靠近,终于,两支火把纠缠在一起变成了一支火把。(音乐声起)

梅大梁举着火把傻傻地笑着。

31.村道　外　夜

梅大栋和梅大梁、朱少白说笑着走在入村的小道上。

梅大梁问梅大栋:"哥,你来信不是说有重要的东西要带回来吗?"

梅大栋举着手中的渔鼓说:"这个东西就是重要的物件呀!"

梅大梁接过渔鼓掂掂,说:"不重呀!"

"傻瓜,我回头再告诉你。"梅大栋对梅大梁说。

不远处,莫方平坐在轿子上,家丁们前呼后拥着走来。

"闪开,闪开,给莫老爷让道!"莫方平的家丁在梅大栋的身后叫嚷着。

梅大梁对梅大栋说:"又是那个讨厌的莫方平,我们不让他。"

梅大栋却把梅大梁、朱少白拉到道旁,说:"不跟他争这得失,来日方长。"

轿子在走到梅大栋处时,莫方平掀开轿帘,见到梅大栋,惊诧地说:"哟!这不是梅大先生?这几年不是听说你到武汉大码头混世去了,怎么今天晚上锦衣夜行回乡了?"

梅大栋轻蔑地一笑:"是莫大老爷呀!我哪里是锦衣夜行,是衣衫褴褛,还蓬头垢面呢。"

莫方平又打量了他们一眼说:"是呀!别瞎胡闹了,成不了事的。你还出去吗?"

梅大栋说:"这回不出去了,我想办个学校,为乡梓子弟开开蒙。"

莫方平故意说:"办学校?教儿童?你和大梁不是因为在宣城师范闹学潮都被开除学籍了吗?"

梅大梁冲着莫方平喊:"学校最后都恢复了我俩的学籍,我和我哥都顺利毕业,这你是知道的呀!"

莫方平拍拍额头:"哟!你看看我这记性。好!好!你要办学好呀!"

梅大栋看了莫方平胸口挂着的徽章一眼,说:"莫大老爷,都戴上了宣城县议员徽章了,官是做大了。"

莫方平得意地笑了笑:"为乡里百姓服务,为天地立心,为社会立公,为苍生谋福祉,是鄙人的毕生追求。好!我先回了,回头有闲暇可来我处小聚饮茶。"说完放下轿帘,向家丁喊了声"起轿!"。

轿子渐行渐远。

梅大栋对大梁说:"这个人过去一贯反对我们的事,上次我们的行动失败,听说就是他告发的,一定要提防他。"

梅大梁点点头。

朱少白提醒他俩:"我们快回家,妈肯定等急了。"

梅大栋对大梁说:"走!我们快回家。"

32.梅家　外　夜

三都村之夜,狗吠声。

屋内传来梅母的声音:"这孩子……怎么还没回呢?"

梅大栋兄弟和朱少白走到门前。

梅大栋大喊一声"妈",推门走进。

33.梅家　内　夜

梅大栋和梅母相对而立。

梅母看着梅大栋,用颤抖的手抚了抚他的头发:"我儿高了,瘦了,精神多了。"

梅大栋伤感地笑:"妈!我不瘦,是头发、胡子没理、没刮。"

"好!回来就好!这回不准再出去了,你爸在你十一岁、大梁三岁时就去世了,我一人把你们兄弟俩拉扯成人,还送你们上了师范学校,有了立身之本。家里田也有五亩了,一切都还好,我也老了,你也该单独盖屋立个门户了。"梅母说着唏嘘起来。

"妈,你受累了,孩儿不孝,让你为我们操持家务。从今天开始,我会在家乡干番事业,我和少白商量好了,哪也不去了。"梅大栋握住梅母的手。

梅母看了一眼朱少白,朱少白点了点头。

"好！就这么定了,我梅家的香火就会旺起来了。"梅母望着大栋他们说,说完转身双手合十来到堂前小佛龛前默念阿弥陀佛。

34.山野　外　夜

月照田野,无字歌声悠悠传来。

35.梅家阁楼　内　夜

床头亮着一盏油灯。

梅大栋和梅大梁在床上和衣卧谈。

梅大梁问梅大栋:"哥,我听说安源这次闹得很大,革命有损失不?"

梅大栋神情严肃地说:"在安源我们损失是很大,但这次工运也给反动派一次正面的打击,罢工也取得了一定成果。尤其是马克思主义得到了广泛的传播,我们取得了一定的斗争经验,为全国的工运和农运提供了示范。"

"我知道马克思是谁,他是无产阶级的精神领袖。"大梁说。

"对！卡尔·马克思是德国人,是马克思主义创始人,是第一国际的组织者和倡导者,是全世界无产阶级和劳动人民的革命导师,是我们贫苦人民的救星。"梅大栋说。

"他长什么样?"梅大梁问。

"你想看吗?"梅大栋问梅大梁。

梅大梁点点头:"当然想看啦!"

梅大栋打开渔鼓,拿出了红布包裹的马克思银像。

梅大梁尖声叫道:"啊!这就是我们的救星!"

梅大栋竖起食指:"嘘!小声点。"

"记住,这是党的秘密。这尊银像是共产国际赠送给我们中国共产党中央的,编号是第六号。共产国际共造了十尊银像,分送给十个国家的共产党中央。你是预备党员,我才给你看一下,这尊银像谁也不能告诉。"梅大栋说。

"也不能告诉妈?嫂子也不能知道吗?"梅大梁问道。

"暂时肯定不行。"梅大栋说。

房门"咚咚"响了两下,传来梅母的声音:"大栋、大梁,你俩不要谈事了,快熄灯睡觉。"

"好,好!"大栋答道。大栋举着灯出门,门廊里,朱少白举着灯望向这边,大栋微笑着朝朱少白走去。

大梁把灯吹灭。

门外传来打更声:"夜到三更,小心火烛——"

36.一组镜头

鸡鸣声。

镜头一:梅大栋、梅大梁、朱少白在研读关于马克思主义的小册子。

镜头二:梅大栋、梅大梁在山坳的竹林里向张照谟等人宣传革命道理。

镜头三:夜,县城城门和街道,梅大栋等人在张贴革命标语。

镜头四:梅大栋等人在领导乡民和土豪争论,身后群众举着"减租减息"等标语。

镜头五:张照谟、梅大梁等人在写入党申请书。

37.梅家阁楼　内　夜

正墙上挂着一面红旗,桌子上放着马克思银像。

梅大栋领着张照谟、梅大梁等人,正在进行入党宣誓。

梅大栋:"同志们,在这个神圣的时刻,让我们一起宣誓!严守秘密,服从纪律,牺牲个人,阶级斗争,努力革命,永不叛党!"

众人齐诵:"严守秘密,服从纪律……"

梅大栋:"同志们!我们——无产者在革命中失去的只是锁链,获得的将是整个世界。全世界无产者联合起来!"

众人高呼:"全世界无产者联合起来!全世界无产者联合起来——"

高昂的音乐声响起。

38.莫府　内　日

莫方平拿着几张标语,气急败坏地骂道:"这是想暴动,这是想变天呀!"他转头问家丁,"发现是谁干的了吗?"

家丁说:"不知道是谁,听说旌德县城也贴有这样的标语。"

莫方平沉思一会儿:"我看像是他俩干的……"

家丁凑过身来问:"谁?我们去把他们抓住送县衙。"

莫方平阴险地笑:"不,我要放长线钓大鱼。去,去把我外甥赵允鸿给我请来,听说他和梅大梁他们最近走得很近。"

"请他?一个好赌好色的教书先生,他能成什么事?"家丁疑惑地问。

"去!就是好赌好色,我才要拉他一把,他对我有用。告诉后厨,今晚我要请客。"莫方平捧起茶壶,喝了一口茶。

39.梅家　内　日

梅大栋等人抬着风琴和地球仪、课桌、黑板等教具说笑着进屋。

梅母问梅大栋、梅大梁:"你俩把十担稻子卖了?"

梅大栋说:"卖了。不过,我们把钱都用来买这些教具和风琴了。"

梅母有点急:"你这伢子,那你们房子不盖了?"

梅大栋连忙说:"妈,我和少白说好了,暂时不盖,先把学校办好。"

梅母一摊手:"你这伢子!"

朱少白说:"妈,我们在一起住着,多好。"

梅母看着他们:"这可对不住少白这伢了。"

朱少白笑:"妈,我不在意这些。"

40.莫府　内　日

一桌酒席,莫方平和赵允鸿边喝酒,边贴耳小声说着话。

41.梅家祠堂　内　日

鞭炮声响。

"三都梅村农民补习学校"挂牌,大门上贴着喜字。

梅氏白胡子老者发言:"今天,是我们三都大喜之日,也是我三都梅家子弟之幸事呀。梅家大栋、大梁兄弟自卖家里粮食和桑蚕,得银后到芜湖、宣城置办教具和这风琴,连这些板凳和课桌,都是他们募捐而来的。老朽谨代表梅氏众亲,向两位后生行个大礼,也向梅家宋氏夫人教育出这样一对有出息的俊才致敬呀。"

众人鼓掌,欢迎。人群中,有朱少白、大梁、梅母等。

梅氏白胡子老者："下面呢,请大栋贤侄为大家讲两句。"

梅大栋着一身藏青色学生装,十分精神,健步走到堂前。他环视左右,朗声道："诸位乡亲,感谢大家来参加农校成立仪式,更欢迎你们来学校上学。现在是国道大变之年,积弱积贫的中国需要众人拾柴救亡,但不识一字,不通一文,心塞目愚,一定会被他人欺压,一定会被他人愚弄,更甭论救国了。不识字,寸步难行,为此,我们想为三都乡亲开蒙启智,让大家识字、明理、通智、知是非,这就是我们办学的初始目的。我们准备白天教儿童,晚上教不识字的成人乡亲,欢迎大家都来这里学习!"

农民群众响应："好啊好啊!""我要识字!""我要读书!"

"好!大家到大梁那里报名。"大栋向大家挥了挥手。众人围向大梁桌前,报名。

大栋微笑地看着众人。

莫方平这时走进祠堂："呀!呀!我来迟了,这三都之大事,怎么大栋兄不告知在下一声?"

梅大栋迎了上去："莫大老爷,我们开学的请帖早送到府上了,你身为议员公务忙呀。"

"瞎忙,瞎忙!噢,我这里奉上十块大洋以资学校零用。"说着递上一个红信封。

"有心意就好,我已感激不尽了,不必破费。"大栋推辞。

"一定要收下,一定要收下。"他强塞到梅大栋手里。

梅大栋接过："那我代表乡亲们感谢你。"

莫方平挥挥手:"你们教学的课本都是政府所编吗?"

"书本已购,但宣城那边迟迟没送来,我们自己已编了一本《平民识字读本》先用着。"梅大栋说。

"哦!能否给我一本学习学习?"莫方平探身问道。

"好的,印好后,我们一定送到你府上给你审阅。"梅大栋说。

"行!行!我告辞了,祝你们学校越办越好呀!"莫方平满脸堆笑地离开。

梅大栋拉了他一下:"来,喝杯喜酒。"

莫方平推让:"不了,不了,我还有要事,回头叨扰。"说着走出去。

鞭炮声响。

42.梅家祠堂　外　日

莫方平出祠堂外,回头看了看那个写有"三都梅村农民补习学校"的牌子,沉思了一下,吐了口痰,上了轿子。

43.梅家祠堂　内　夜

祠堂内,钟铃响。

(化入,从黑板字特写拉开)

梅大栋在黑板上写一行字："我是人。"

"同学们跟我读,我——是——人。"

儿童们齐声读："我——是——人。"

儿童学生已化为成年的农民："我是人。我要当主人。"

44.三都村　外　夜

月照山野。

45.梅家祠堂　内　夜

铃声响。

梅大栋向农民说："诸位同学,今天课就上到这里,大家先回,在家里温习一下。大梁、宋欢发、张照谟等几位同学稍留下。"

众人离开。

宋欢发、张照谟等人留下来。

梅大栋说："大梁、少白,你俩到屋外看着点。"

大梁、少白出门警戒。

大栋把门关上,对大家说："同志们,昨天我去芜湖,向省委做了汇报,组织上同意我们成立皖南第一党支部,过几天批示就会到。"

众人十分激动："太好了！太好了！"

张照谟:"什么时候那尊银像能摆在光天化日之下就好了!"

梅大栋坚定地说:"会有那么一天的!马克思会走到阳光下的!"

46.梅家祠堂　外　夜

祠堂后墙外,莫方平的家丁正在架人梯趴到祠堂的窗下偷听,一家丁踩着另两个家丁的肩膀慢慢地向上升。

梅大梁和少白冲了过来,大喊:"抓贼呀!抓贼呀!"

梅大栋等人闻声从祠堂冲了出来,痛打莫方平的家丁。

莫方平从暗处打着灯笼冲过来大叫:"别打,别打,是自己人。是我,是我家的家丁。"

"打的就是你这个贼!"大伙说。梅大梁打了莫方平一耳光。

梅大栋见打得差不多了,就阻止:"大伙都住手,把贼带到乡公所去。"

"大栋,是我,是我,带什么乡公所,我是莫方平呀。"莫方平捂着脸说。

灯笼被点亮,照着莫方平和家丁狼狈的样子。

"真是莫老爷,你们半夜爬什么墙头呀?"梅大栋故意问。

莫方平捂着脸说:"我、我、我家老爷爷生病,郎中让我抓些蜈蚣和蝙蝠做药引,我让他们到这老屋来抓的。"

"抓蜈蚣也不打灯笼。"梅大梁讥讽道。

"这……这……我们走。"莫方平气急败坏地扭头向前走。

"不送哪。"梅大栋朝着莫方平的背影喊道。

莫方平哭丧着脸。（画外音："此仇不报非君子,我们走着瞧！"）

望着莫方平走远,梅大梁等人哈哈大笑起来。

梅大栋低声道："同志们,从现在开始,我们一定要注意行动的保密性。敌人无处不在,一定要小心,尤其,对这个议员我们更要严加提防,大意不得。下次会议我们改到朱旺镇去开。"

众人答："好！"

47.旌德县衙　内　日

莫方平半个脸肿着,在向唐县长汇报。

"唐县长,我说得千真万确,句句是真话,梅大栋、梅大梁在三都梅村以办学为名,每天夜里聚集刁民农户进行'赤化'教育,这还得了？望县里早日铲除,别让其做大,再惹是非。农民一旦被'赤化',一定会抗租暴动。"

唐县长说："那个梅大栋、梅大梁是不是三年前在宣城师范闹学潮,被开除学籍的兄弟俩？"

莫方平急忙说："正是,正是。听说梅大栋这几年在武汉和安源,同共产党人搞在一起了。"

唐县长叹了口气说："他们都是恽代英、萧楚女这些共产党教育出来的,中毒太深呀!"

莫方平搓手:"唐县长,那您还不把他们都抓起来!"

唐县长把茶碗一放:"'赤化',就得彻底铲除……不过,现在还是让他们再跳跳舞,让他们彻底地暴露,我们抓住他们的把柄,才能下手。现在是民国了,得讲点法度。"

莫方平上前说:"我们别养虎为患,虎大伤人。"

唐县长说:"你回去继续观察,一定要搜集证据,比如他们的文字记载的东西,标语、旗帜、公章等。只要有一件,我们就可以上报省城政府,抓住一条大鱼,明白吗?"

"明白,明白。我已经在他们那里安插了一枚钉子。"莫方平点头道。

"好!"唐县长拍了拍莫方平的肩膀赞道。

唐县长忽问:"莫议员,你的脸是怎么了?"

莫方平苦笑:"嗐!别提了,上火,牙床发炎,牙床发炎……对了,唐县长,他们好像藏了个银像。"

唐县长凑过头来:"银像?什么银像?"

48.梅家阁楼　内　日

梅大栋在奋笔疾书。朱少白走过来,看到梅大栋写的诗稿。

"大栋,你在写诗?"朱少白问道。

"少白,你看,这些天我在读马克思和列宁的文章,很受启发。

结合我们当前的形势和现状，我认为就是要唤醒全国人民认清资本家、列强、土豪劣绅剥削的真相，就是要起来斗争。我写了一首《八平诗》，你给看看。"梅大栋把诗稿递给朱少白。

朱少白捧读诗稿："第一平来平富翁，富翁做事太不仁。家藏万担稻和麦，农民饿死不作声。第二平来平劣绅……"

梅大栋注视着朱少白。

朱少白走到风琴处，按响一串音符，自己哼唱着音调。

朱少白回过头来对大栋说："大栋，这首诗好，通俗易懂，朗朗上口，我想给它谱上曲，让大伙传唱。"

梅大栋说："好，好啊！"

歌声传出阁楼木窗棂，两只喜鹊在飞。

49.山野　外　夜

画外，风琴声中朱少白的歌声《八平歌》悠悠传来：

第一平来平富翁，富翁做事太不仁。
家藏万担稻和麦，农民饿死不作声。
第二平来平劣绅，劣绅做事理太差。
巴结官府行霸道，欺压乡民本领高。
……

50.梅家祠堂　内　夜

祠堂小屋内,墙上挂着一面党旗。

梅大栋等人站在党旗下。

梅大栋看了看大伙:"同志们,今天我们在这里建立中共皖南第一党支部,现在我们对着党旗进行宣誓吧!"

梅大梁低声说:"哥,你就把银像拿出来,我们对着银像宣誓吧!"

梅大栋兴奋地说:"好!那就让我们对着马克思宣誓。"

梅大栋拿出渔鼓,恭敬地捧出马克思银像。

众人围过来,屏声静气地看向灯光下的银像。

梅大栋带着他们,面对银像,举起拳头。

51.梅家祠堂　外　日

祠堂外,朱少白在教学习班的农民和儿童唱《八平歌》。

莫方平踱步进来,看到黑板上写的《八平歌》歌词,越看越恼火。

"停,停,停下来,别唱了。"莫方平走到台前,指着歌词问,"这个是谁写的?谁让你们唱的?"

朱少白说:"这是大栋写的词,我谱的曲,有什么不妥吗?"

莫方平凶言道："这全是'赤化'之词,你们想鼓动百姓闹事呀?梅大栋他人呢?"

梅大栋从内屋走了出来："这是我写的,怎么,有错吗?"边说边走了过来。

莫方平指着歌词说："你这是反社会的,是反对我们民国政府的,是蛊惑人心的妖言,是毒草!"

梅大栋向前跨了一步："莫议员,我这里哪句说的不是真实的?有一句假话吗?现在这个社会,土豪劣绅、军阀官僚、贪官污吏,不是欺压我们乡民吗?我说错了吗?洋人鬼子侵占我国土,掠我资源,我说错了吗?"

"你、你,这最后一句让贫民起来闹革命,就是'赤化',就是要闹事!"莫方平指着梅大栋说。

"是的,只要这个社会不变革,剥削者还存在,我们贫苦人最后就是要起来革命,革地主土豪的命,革军阀官僚的命,革洋人鬼子的命。"说完,梅大栋带头唱起了《八平歌》,大伙跟着大栋唱了起来。

"不准唱,不准唱!"莫方平边说边向门口退去,"你们这是要造反!"

《八平歌》歌声响亮而起。

莫方平气急败坏地骂道："一群穷鬼,反了你们,看我怎么收拾你们!"说着退去。

歌声停,梅大栋对众人说："我料想莫方平一定会上县府去告状,我看后天就是农历初十庙会,我们到县城来个游行,把我们的党旗打出来,展示我们夜校的办学情况,向群众宣传革命道理,同时也把我们的'辅仁书店'开起来。"

众人齐道:"好!"

"同志们,你们看,那河里有一口井,井水从不和河水同流,我们都要如那口井一样,坚定自己的主张不动摇。"梅大栋指着河中的井说。

"我们一定坚定革命信念!"众人答。

"好!我们分头行动。"梅大栋对几位同志说。

52.梅家　　外　　日

早晨,梅家门前。

梅母和朱少白为梅大栋、梅大梁等人去庙会游行送行。

"你俩干的是什么事,为娘的不是不清楚,只要是为了大众的事、乡亲的事,我就支持。但你们也要想到家里上有老下有小,尤其少白又怀上了小二,你俩一定要注意安全。"梅母满脸焦虑。

朱少白抱着大儿子书华对梅大栋说:"祝爸爸马到成功!"

书华奶声奶气地说:"祝爸爸马到成功!"

大梁挤过来说:"还有我呢!"

书华说:"祝小爸马到成功!"

梅大栋、梅大梁走向游行队伍。梅大栋对少白说:"渔鼓你一定要保管好。"

少白点点头。

梅大栋向游行的队伍挥手:"出发!"

鼓声、呼号声响起。

莫方平推开半扇窗子,惊恐地说:"反了,真的反了。"说完忙把窗子关上,并向家丁喊,"快关大门,快关大门!"

53.旌德庙会　外　日

梅大栋站在旌德城隍庙前的台阶上,向群众宣讲。

"各位乡亲,各位受苦的农民,你们为什么种田的没有田,做工的吃不饱?为什么祖祖辈辈都被地主老财剥削和欺诈?是我们懒吗?是我们笨吗?是我们天生就这个命吗?不是,乡亲们,不是这样的!是因为这可恶的制度!你们说,这样的日子,是你们需要的吗?我们还能这样牛马不如地活下去吗?"梅大栋问。

众人答:"不要!"

"这世道公平吗?"梅大栋继续问。

"不公平!"众人答。

"我们只有起来革命,只有无产阶级革命了,中国才能走向富强,才能彻底推翻帝国主义和封建旧制度。"梅大栋说。

人潮涌动。

"马克思主义万岁!"梅大梁高呼口号。

"打倒列强除军阀!"张照谟等人高呼口号。

不远处,焦尔神父正在组织信徒向灾民发放赈灾粮。

他站在一个高处向灾民挥手道:"我们的信徒,主随时在你们身边。这两年,你们遇到寒潮、伏旱、秋旱、山洪灾害,但你们别怕,万能的主会来解救你们的。今天,主让我们给你们送粮来了。大家排好队,排好队……"

众人在排队领粮。

人群中,马青红看到宣讲的梅大栋,皱眉思索,过了一会儿,他仿佛记起了什么,脱口而出:"原来是他。"说毕朝台前挤去。

唐县长、莫方平等人在酒楼的窗边看着广场上的一切。

莫方平凑上身子,向唐县长耳语几句。唐县长脸上露出了诡黠的笑容,他向警察局长挥了挥手,警察局长领会,跑了下去。

54.旌德庙会　外　日

一群身份不明的人,包括莫方平的家丁混迹在领粮的队伍中,他们故意拥挤,并冲乱领粮的队伍,哄抢粮食。

焦尔神父被抢粮的人挤倒在地,有人还踏着他的头跑过。焦尔神父绝望地说:"噢,我的上帝!"

梅大栋在不远处宣讲时,发现这边的骚乱。他和大梁交换了眼神,并向农会会员们一挥手,说:"我们去维持秩序,大家跟我来。"

他领着农会的人,很快把几个哄抢者逮到,其中有莫方平的家丁。

梅大栋扶起焦尔神父。

焦尔神父在胸前画着十字说:"谢谢!"

"不用谢!你这是为了百姓办好事,我们本该谢你。"梅大栋用手帕拭去焦尔神父脸颊上的污迹。

"你,马克思主义的信徒,救了我这个上帝的信徒。"焦尔神父说。

领粮的队伍在农会会员的维持下有序领粮。

酒楼里的唐县长等人失望地看着这一幕。

莫方平还想上前说话,唐县长拂袖而去。

55.旌德县府　内　日

莫方平快步走向府堂。唐县长正面对着众多标语旗和传单,仔细地看着。

莫方平把《贫农补习千字课本》一书递给了唐县长:"你看,你看,这就是证据,全是梅大栋编写的,如此反动,蛊惑人心,我们万万不能姑息养奸呀!"

唐县长翻翻课本,重重地摔在桌上:"'赤党'分子,大逆不道。这共产党在全国发展较快,现在我们党内要求联共、联俄,投鼠忌器呀！梅大栋等人今天敢上街游行和宣讲,是有后台支持的。"说完对警察局长说,"你们立刻去把三都农民补习学校封了。"

警察局长立正:"是！那梅大栋等人要抓起来吗？"

唐县长长嘘了口气:"先封了他们学校再说。"

警察局长点点头说:"好！我这就去！"

莫方平跟上说:"要快！我给你带路。"

56.辅仁书店　内　日

马青红和梅大栋等人在一起。

梅大栋向众人介绍马青红:"是他帮我过的长江的,不然,我还不知要耽搁多久。谢谢！"

马青红搓搓手,不好意思地说:"我得感谢你,是你让我知道如何做一个堂堂正正的人。分手后我一直在打短工,在码头扛重活,再困难也没有干过小偷小摸的事。"

梅大栋鼓励道:"好！要相信每个人都有一双手,只要好好干,就有希望。"

马青红恳切地说:"今天听了你一席话,我想来跟你学认字,学习文化,跟你后面革什么命。"

"欢迎你,欢迎你！"梅大栋、梅大梁等说道。

"可欢迎我们呀？"祠堂门外走进两位农会代表。

"是老喻呀,你们怎么来了？"梅大栋问。

"大栋、大梁,这些天我们东乡仕川的农民都因你们在庙会上的宣讲动了心,纷纷成立了农会和互保组。我们不懂解放群众的道理,想请你们派两个人到我们那里办农校,校舍、教具我们都准备好了,就等着你们支援,我今天来是求支援的。"农会代表说。

"好的!这是我们应做之事,我看大梁你去仕川如何?"梅大栋望向梅大梁。

"我还是喜欢这书店,你看,这么多书。坐拥书城是我的梦想,这书店是我们一起操持起来的,我有点不舍。不过我一定听组织的,我去!"梅大梁说。

"太好了!"农会代表说。

"等革命成功了,有你看的,这里我看先交给马青红和小汪他们打理吧。"梅大栋说。

马青红说:"我是个睁眼瞎,这书店,我、我怎么管得好呀?"

梅大栋说:"你不是要读书识字吗?这里就是你学习和工作的地方,只要有恒心,有信心,我相信,你一定会认识字的。"

马青红眼圈泛红:"我、我一定不会让你失望,我会好好干的。"

梅大栋拍了拍马青红的肩膀。

57.梅家祠堂　外　日

梅家祠堂三都农民补习学校被贴上旌德县政府的封条。

警察局长和莫方平等人指手画脚地指挥人向外扔课桌,众人推搡着。

梅大栋走在前面,与警察局长等人理论。

警察局长读着县里的封校决定:"如今后再有擅自集会结社者,一定要追究查办。"说完把告示贴在墙上。

县警持枪而立。

梅大栋让大伙不要激动。众农民和县警搏斗,朱少白被推倒在地,她用身子护着《贫民补习千字课本》,梅大栋走过去搀扶,头上被县警打了一枪托,流出血来。

众人看梅大栋受伤,围了过来。

风琴已经被砸碎。

朱少白和梅大栋共同用泪眼注视着碎了一地的风琴的琴键。

58.长江流水

字幕:

1926年3月,三都农民补习学校被查封,革命工作转入地下进行,梅大栋被党组织派往武汉进行党务工作,任共青团湖北省团委秘书,并任皖南党支部书记……

汽笛声声,轮船穿梭,武汉标志景。

梅大栋和梅大梁并肩站在船头,曙光在前方冉冉升起。

59.武汉安徽党部　内　日

梅大栋和梅大梁等人正在刻钢板,印宣传资料。

门外传来一声"报告!"。

梅大栋回身一看,只见何聪着一身北伐军军服,扎着辫子,走了进来。

"呀!是你,你怎么来了?可是你怎么变成女儿身了?"梅大栋问道。

"哈哈,我本来就是女儿身呀!组织上让我来帮助你们安徽党部做党务工作,我看到你的名字就在想是不是你,这下可巧了。给,这是我的组织关系证明。"何聪把介绍信递了过来。

"哥,你们认识?"梅大梁走过来问。

"岂止是认识,她还是我的救命恩人。大梁,快来认识下,这是何聪同志。这是我弟弟梅大梁,他在武大进修,今天休息,来帮忙的。"梅大栋介绍道。

何聪调皮地说:"噢,你就是大梁,那封信就是我寄给你的。记得你哥说,我们还是同龄呢,不过你可比我矮哦。"

梅大梁不好意思地笑起来。

"好!我们可以一起工作了。"梅大栋说,"那我们现在就工作,刚好我还有事要去汇报,何聪你来刻吧。"

何聪接过铁笔,端坐在办公桌前,认真地刻起钢板上的蜡纸来。

梅大栋笑着拎着布包匆匆走出大门。

60.辅仁书店　内　日

马青红已改变形象，着长衫，在照顾着生意。

莫方平戴着礼帽和墨镜走入。

马青红上前："先生,你要什么书？"

莫方平慢条斯理地说："哦,听说这是梅家两兄弟开的,我和大栋是朋友,过来看看。"

马青红说："不是他两人开的,是十个股东开的。既是大栋先生的朋友,你随便看看吧！"

莫方平走了一圈,没发现什么,就来到二楼楼梯边,准备上去。

马青红拦了一下："先生,上面是私人住室,不便上去。"

莫方平应了一声："哦,是吗？"

这时有几个学生抱着书和一张画像从楼上走了下来。

莫方平问马青红："他们是……"

马青红说："他们是宣城师范的学生,是我们的朋友,来拿书的。"

学生们走出大门。

莫方平说了句"告辞",就快步向外追去。

马青红很疑惑地望着莫方平的背影,想起梅大栋交代的话。

镜头闪入：

梅大栋对马青红说："党组织让我带旌德四十多位党员和骨干去武汉学习，这书店就委托给你和小汪了。记住，现在形势依旧对我们不利，这书店是我们旌德党组织秘密联络点，也是我们宣传马克思主义的地点，一定要保护好。《资本论》《共产党宣言》等进步书和马、恩、列等领袖画像，一定要放在二楼，只有对可靠的进步人士才可出售。记住，我们在全县有三个书店，这三个书店就是三颗钉子，钉入敌人心脏；这三个书店也是三颗种子，种在人们心中。只有这样，革命道理才能生根发芽，不能有半点闪失。"

马青红："放心！我一定像保护自己的眼睛和生命一样保护书店。"

镜头淡出。

马青红警觉起来，赶紧招呼同事小汪："小汪快关门！"

61.大街　外　日

莫方平带着一队警察匆匆扑来。

62.辅仁书店　内　日

　　莫方平带着县警察冲上书店二楼,马青红阻拦,被两名荷枪的县警推倒在地。

　　莫方平和警察在二楼翻箱倒柜,没有搜到东西,悻悻而去。

　　马青红和小汪望着他们狼狈而去,两人会心一笑。

　　一组镜头:

　　(1)梅大梁在农民运动讲习所听课,梅大栋在共青团湖北省干部训练班听课。

　　(2)梅大栋、梅大梁等人在一起学习马列著作。

　　(3)梅大梁和何聪在黄鹤楼上登高望远,畅谈革命理想。

　　(4)梅大栋在秉烛写文章。

　　(5)朱少白抱着儿子站在村口的树下,向远山凝视。

　　(6)莫方平指挥家丁到农民家抢粮、催租。

63.武汉大街　外　日

　　武汉街景。

64.武汉一客栈　内　日

梅大栋等旌德在武汉的共产党员及骨干分子三十多人围坐着,其中有梅大梁、张照谟等人。

梅大栋环视与会者:"同志们,蒋介石发动了'四一二'反革命政变,党组织让各地进行革命反击。我们研究决定,喻国新等同志先返回旌德,把800名自卫军先发动起来,有条件地进行暴动。这是我省党委组织的第一次农民暴动,我在这里和省委再研究一下细节。王证甫,还有大梁,你们先回旌德,尽快出发,做好准备,时间初步定在5月20日左右。我会赶回去。大家还有什么意见要提?"

农会代表:"就是武器有点少,只有两门桐木土炮,枪也是鸟枪、土铳,要是有点汉阳造就好了。"

梅大栋说:"我已让旌德农会购了六十多支国民党部队的旧枪,能用。老喻和证甫,你俩是这次暴动主要负责人,要考虑细点、再细点,同时一定要注意保密。"

梅大梁等数人站起来说:"我们一定完成任务!"

梅大栋:"好,大家分头准备,回去的船票已经给你们买好了,都在大梁那里。"

众人离开。

梅大梁对梅大栋说:"哥,你还有什么话带给家里的?"

梅大栋看了看:"没有什么可带的,这里有一只小银锁,你带回去。哦!你也和何聪道个别,这姑娘对你很有意思的,你们恋上了吗?"

梅大梁低下头:"还真亏你牵线,她就在门外等我呢。"

"何聪,何聪你进来。"梅大栋朝门外喊道。

穿着北伐军军装的何聪从门外走进,手里拎着一个围袋,里面装着一些武汉的特产。她朝梅大栋敬了个军礼,调皮地笑了笑:"报告!我的革命领路人,你不叫我,大梁是不会让我进来的。"

"多亏了你,你救了我的命,最重要的是保住了银像。"梅大栋由衷地说。

"又说见外的话了,都说得我耳朵起茧了,我不要听。"何聪摇了摇头,"一家人不说两家话。"

"一家人不说两家话,好!我们早晚都是一家人。大梁,阿聪说得对呢。"梅大栋打趣道。

"大哥又在取笑我了。"何聪把东西塞给梅大梁说,"给,大梁,这是给你带给大妈和嫂子的。"

大梁接过东西,嘿嘿地笑着。

何聪看向梅大栋:"你还欠我一样东西呢!"

梅大栋丈二和尚摸不到头脑,疑问:"我欠你什么?"

"你忘了?大梁,哥哥耍赖皮。"何聪拉着大梁的手臂说。

梅大梁也疑惑不解:"什么东西?"

"你欠我那只渔鼓呀!"何聪揭了谜底。

"是,是,我一定让大梁把渔鼓送给你当定情物,哈哈。"梅大栋说笑道。

"大梁,不准忘了。"何聪转头望着大梁。

"不会。"大梁深情地说。

65.武汉码头　外　日

张照谟和农会代表等人陆续上船。

梅大栋和梅大梁告别:"哥,你还有什么要交代的?"

梅大栋看看四周,低声道:"没有什么,只是那尊马克思银像,我不太放心。虽然母亲和少白会保护好,但我总是放心不下。组织上让我不要随身携带,可不在身边,我心里总是空落落的,你回去后一定要保护好它。另外,这次行动事关重要,你的急躁脾气我不放心,往后做事一定要三思而后行。"

"好的,哥,我会改的,放心!银像这事我想好了,我准备用锡再铸一尊像,以备敌人搜查时,可用它打个掩护。"梅大梁告诉梅大栋。

"以防万一,这个办法好,你回去速办。"梅大栋说。

轮船汽笛响起。

梅大梁向码头远处望了一眼,这时,何聪奔来,梅大梁迎了上去,两人拥抱在一起。

江鸥飞起,大栋微笑着望向他们。汽笛鸣响。

66.长江　外　日

轮船驶在浪花里。

梅大梁站在轮船上（独白）："故乡，我回来了！母亲，我回来了——"

67.梅家　内　日

梅大梁对母亲、朱少白说："大哥一切都好，让你们放心，他不久也要回来。"

梅母："那就好！那就好！"

朱少白抱着孩子："大栋还有什么跟家里说的吗？他给小妹的名字起了吗？他还没有看过小妹呢。"

梅大梁说："嫂子，他最不放心的是马克思银像。妈，你们把银像放在哪里了？现在交给我吧。"

朱少白把大门关上，梅母从佛龛一个小暗门里拿出了银像给梅大梁。

梅大梁仔细地看了看。

梅母怨怪道："我还能把它摔坏了不成？这孩子。"

梅大梁说："不是，不是。我要再制作一个。"

朱少白不解："什么？"

梅大梁对朱少白说："回头再告诉你。对了,差点忘了,大哥给小妹起名叫皖一,皖南第一,纪念我们建立了皖南第一个党支部。"

"这个名字有意义。"朱少白说着冲怀里的孩子喊道,"梅皖一……你有名字了,不叫小妹,不叫丫头了,叫梅皖一了。"

梅母却道:"梅万一? 万一不好,该叫一万,皖南要有一万个党支部多好!"

"妈说得对,梅一皖。"朱少白说。

"我也认为妈说得好!妈,你是我们的人了!"梅大梁兴奋地说。

"妈早就是你们的人了!"梅母说。

三人笑了起来。

68.仕川喻家水磨坊　内　夜

梅大梁、农会代表、张照谟和赵允鸿等人围坐在一起。

农会代表说:"县里抓了我们农会二十多位同志,据说16日就要枪决他们,所以我们的暴动不能再等到20日,要提前。我已派马青红连夜去武汉送情报给梅大栋。我看明天就组织农会的八百名同志袭击县政府。把县政府打下来,把监狱打开,解救我们的人,占领县城,大家看有什么意见?"

一人说:"打他们个措手不及,我赞成。"

张照谟说:"县城里只有不到百人的县警,我看没什么问题。

再者,早晚我们都要起事的,就明天干吧!宜早不宜迟,这些天的准备已经引起山外人的关注,听说莫方平他们还派家丁在仕川一带活动。"

梅大梁表态:"可我们还要等安徽省委决定吧,这可是大事。"

农会代表说:"来不及了,这关系我们二十多位同志的性命。再者,组织上让我们回来,就是要让我们搞暴动的。"

一人说:"我看大家举手表决吧,赞同的举手。"

大伙都把手举了起来,梅大梁最后也把手举了起来。

69.仕川喻家水磨坊　外　夜

月照喻家水磨坊。

几条人影闪出。

梅大梁看向赵允鸿:"允鸿,再见!"

赵允鸿仿佛被惊醒,有些慌乱:"再见……大梁……再见!"说完急急走去。

70.石桥下　外　夜

赵允鸿对莫方平家丁耳语了什么,只听到最后一句:"快回去报告莫老爷,他们要暴动。"

家丁点头,转身向一小道跑去。

71.莫府　内　夜

家丁紧急地向莫方平说着仕川要暴动的事。

莫方平的脸紧张、扭曲,连忙对家丁说:"快,快备轿,我要进城,我得进城。"

72.旌德城　外　日

旌德县城四门紧闭,城墙上隐蔽着荷枪实弹的士兵。

唐县长、莫方平和警察局长等人在掩体后向城下观望。

唐县长不安地望向警察局长:"仁兄,我们能顶得住他们两千多人的进攻吗?"

警察局长挺挺肚子:"放心,他们都是泥腿子,只有几杆鸟枪土铳,没事的。我们这里有机枪和迫击炮,不怕。再说,我们身后不还有刚增援来的一个营的正规军吗?泥腿子一进攻,我保证让他们有来无回,就怕他们不来。"

唐县长和莫方平听了连连点头。

城墙外,青山坡上匍匐着梅大梁、农会代表等人,他们眺望着县城。

梅大梁说:"我看情况不对,四门紧闭,城墙上还有士兵,他们是否知道了我们的行动计划?"

一人皱起了眉头:"我看他们是有了准备。"

农会代表说:"先放两炮试一下,如果他们只有几个县警,我们不怕。"

梅大梁说:"好!"转身命令农会自卫队的同志,"架炮轰城。"

两尊土炮,填好药,点燃,"轰轰"两炮打向城门。城门大开,没有引来反击。

农会代表观察了一下,抽出背后的大刀,向自卫队的同志喊道:"解放旌德,救出亲人,同志们随我冲!"

队伍山洪一般向城门冲去。

梅大栋也拿着一杆梭镖,随队冲着。

城墙上,望着冲过来的队伍,唐县长惊恐地喊着:"开枪,开枪!"

警察局长没理他,端起了机枪吩咐手下:"让他们冲进城里再打。"

农会队伍大多冲入城内。

警察局长用机枪开始扫射:"兄弟们给我打!"

子弹泻下,四面枪声响起。

农会自卫队员有人倒下。梅大梁抓住农会代表的手臂说:"我们得赶紧撤!你听这枪声这么密紧,是机枪,还有迫击炮,我看不仅是县警察大队,敌人有准备,我们得撤!"

农会代表把头上的礼帽脱下来,扔在地上,向队伍喊道:"大家朝西门断墙口撤,我们来掩护。大梁、证甫你俩带人撤。"

"队长,你……"梅大梁欲言又止。

"快走,给旌德留点革命的种子,快走!"农会代表操起汉阳造跳到一个石台上,开始射击。

梅大梁向队伍招手:"大伙随我撤。"

队伍跟着梅大梁向巷子里撤去。

73.青山　外　日

山峦连绵,一队农会成员向山里撤去。

74.一处山坳　外　日

梅大梁和张照谟商量事儿,身边还有十多位农会同志。

梅大梁对其中一人说:"我们还剩七百多人,这次行动失败了。我让大伙先四处隐蔽,你带留下的同志到黄石崖狮子洞暂时隐蔽,一定让同志们暂时不要回家,敌人一准会清算抓人。"

那人点点头。

"我要马上下山去仕川,我的一个重要的东西还在仕川学校内,要转移出去。然后,我去武汉向省委汇报。"梅大梁说完就走。

张照谟拉着梅大梁不放:"你现在去仕川是自投罗网,危险!敌人正在四处抓你。"

梅大梁说:"那个东西是大栋哥交给我的,是革命的神圣信物,不能在我手里丢了,我一定要去。"

张照谟说:"你一定要去,我陪你一道去!"

梅大梁说:"好,我俩走!"

一人把驳壳枪交给梅大梁:"这个你带上,好防身。"

梅大梁点点头。

梅大梁和张照谟的身影渐行渐远。

75.东乡仕川农校　内　夜

农校的窗子被推开,梅大梁机警地跳入。他从书箱里拿出渔鼓背在身上,又从书桌上的一个木盒里拿出一块红布包裹的东西塞进怀里,然后走向窗前。

76.东乡仕川农校　外　夜

梅大梁跳窗而出,张照谟在接应。

这时,一队县伪警察朝学校走来。

他俩隐在竹林中。忽然,竹林里的宿鸟被他俩的到来惊飞。

伪警察们立刻停下脚步向竹林围了过来。

梅大梁掏出枪来,张照谟抽出了大刀。

警察向竹林边射击边喊:"'赤党分子',你们跑不了了,快出来投降吧。"

梅大梁对张照谟说："趁敌人还没有包围竹林,你先带这重要的东西去梅村,交给我妈和嫂子,她们会知道怎么保护它,我来引开敌人。"说完把怀里的东西和渔鼓交给张照谟。

张照谟郑重地接过渔鼓。

梅大梁端枪边跑边向敌人射击,喊着："老子在这里,你们来一个我杀一个,来两个杀一双。"

莫方平的家丁对伪警察说："这是'赤匪'头子梅大梁的声音,是他,是梅大梁,抓住他县里要奖励一百块大洋呢。"

众警察精神大振："抓住'赤匪'梅大梁,奖大洋一百。"说着向梅大梁射击的方向边射边冲去。

张照谟擦了一下眼泪,背起渔鼓向另一个方向跑去。

77.梅家　内　晨

梅家房内,张照谟把渔鼓和一块红布包裹的东西放在梅母和朱少白的面前。

"这是大梁让我转交给你俩的重要东西,他说这是大栋要交给你们保管的。"张照谟说。

"大梁人呢?"梅母问。

"他可能已被捕,我这就去打听。"张照谟说完打开门,又转身说,"你们一定要保重！这东西,一定不能被敌人收缴去。"

梅母和朱少白异口同声："你放心吧！"

梅母又补了一句:"梅家人在,东西就会在。"

张照谟向她俩鞠躬,一转身冲向暗夜。

梅母把门关上,神情严峻地说:"少白呀,我们梅家要遭劫遭罪了。记住,这是大栋和大梁心里的神,是心爱之物,又是党的物件,我们就是拼上命也要把它保护好。"

朱少白:"妈,我是党员,我会的。"

梅母说:"这里有两个像,一个是真的,你把它保存好;一个是假的,我把它放在神龛的暗盒里。这真的,我看是不能再放到渔鼓里了。"

朱少白:"那放到哪里?"

梅母思忖着,踱步。

门外大黑松树上,两只灰喜鹊在巢里叫着。

梅母忽然有了主意:"把这尊像放在鸟巢里。"

朱少白说:"好主意! 好的,我这就去搭梯子。"

梅母喃喃:"哎,不知大梁怎样了。"

78.旌德县府　内　日

县府内大摆筵席,有官兵,还有一些绅士,莫方平也在座。

唐县长举杯说:"诸位,这次'赤匪'暴动,欲推翻我政府,图谋不良,幸好我们早有准备,一举歼敌,这是旌德万幸之事呀。来来,让我敬在座诸位三杯。"说完,喝了三杯。

众人皆喜,同饮。

一位县警快步走到唐县长身边,耳语了什么。

唐县长连连点头。

"好！好呀！捷报频传呀！"唐县长向众人说,"告诉大家一个好消息,'赤匪'头子、闹事带头人梅大梁,被我们抓到了。来,大家再喝一杯！"

众人欢呼,饮酒。

莫方平的家丁带着赵允鸿进屋。

唐县长："这位是？"

莫方平上前："他是我外侄赵允鸿……此次就是他告知暴动消息的。"

唐县长拍拍赵允鸿肩膀："好好！这次记你一大功！"

赵允鸿赔笑："唐县长,我还有事相告。"

唐县长："哦,什么事？"

赵允鸿："梅大栋和梅大梁藏有一尊马克思的银像,听说是共产党最重要的信物,是共产国际给中共的。"

唐县长大喜："好好！这个情报重要,是一条大鱼。"

莫方平哈哈大笑,对赵允鸿说："你又立了大功了！"

赵允鸿也露出了得意的笑。

唐县长对警察说："走！我们去会会梅大梁！"

莫方平："我也去！我要看看那小子的贱模样！"

79.县监狱　内　日

　　梅大梁被绑在刑架上,已呈半昏迷状态,身上有流血的鞭痕,口角处有鲜红血迹。

　　唐县长和警察局长、莫方平等在提审。

　　警察局长用马鞭捅向梅大梁的伤口,把他捅醒。

　　"快说,那尊银像在哪?"警察局长凶神恶煞地问。

　　"我不知道什么银像。"梅大梁说。

　　"梅先生,你说出银像,我就放你回家。"唐县长满脸堆笑地说。

　　"呸,你这个反动派!你这次杀了我们多少人,这仇我给你记下了。"梅大栋一口血水吐到唐县长的脸上。

　　唐县长恼羞成怒,抽打着梅大梁:"打死这个贱骨头!看你骨头硬,还是老子的鞭子硬!"

　　皮鞭抽在梅大梁身上,梅大梁再次昏了过去。

　　莫方平过来向唐县长谏言:"我看此事不宜迟,速派人到梅村梅家和仕川学校去搜。我怀疑东西还在梅家。"

　　唐县长挥手对警察局长说道:"你带人快去梅村。"

80.梅家门前山坡草丛　外　日

　　梅大栋和马青红及何聪在草丛里眺望山下的梅家。

只见梅家已经被县警团团围着。

"不好！出事了,我们来迟了。"梅大栋说。

何聪说："我们只有三个人、两支枪,现在不能冲过去。"

梅大栋说："你俩先撤,到县城辅仁书店隐蔽。不,那里可能已经不安全了,你们还是去黄崖洞和张照谟他们会合,我再看下。"

"我们不走！"马青红坚决地说。

"我也不走,大梁还不知怎么样呢。"何聪说。

81.梅家　外　日

警察局长指挥着众警察,翻箱倒柜地搜查着。

朱少白怀里的一皖在哇哇地哭着。梅母搂着书华,书华眼神惊恐。

莫方平假模假样地过来对梅母说："梅家大妈,我们可是乡里乡亲的,你两个儿子不懂事理,要闹什么革命,不为家里老少安危考虑,不发扬光大梅家门楣,反而干了这等荒唐之事,你可不能一时糊涂呀。你看大梁已经说了,银像就在家里,你交出来就没事,大梁也可以放出来。"

"我两个儿子做什么事我知道。他们是为了贫穷人,他们没错。什么银像不银像的,我老奶奶不知道。"梅母淡淡地说。

莫方平又走到朱少白面前："弟妹呀,你不能看着大梁老弟在狱中受苦呀,大栋如在家,他也会交出银像的。"

朱少白扫了他一眼："我不知道,大栋在家也不知道什么银像。"

几个警察来到警察局长处："报告局长,屋里屋外全部都搜了,没有搜到什么银像。"

警察局长看了一眼莫方平,莫方平向他使了一个眼色。

警察局长冲了过来,一把抢过书华高高地举起来,恶狠狠地说："再不交出银像,老子就把他扔到井里!"

梅母骂着,欲抢孙子,朱少白抱着孩子冲向警察局长,被莫方平拦住。

被举在半空的梅书华哇哇大哭。

警察局长："交不交?你这死老太婆!"

"我、我家没有什么银像。"梅母哭着。

书华一口咬着警察局长的手,警察局长"呀"地一叫,手一松,孩子头朝下摔落到水井里。众人惊愕,朱少白昏死过去,梅母扑向井沿,痛哭起来："天呀,佛祖菩萨怎么不来救救我呀!"

警察局长一不做二不休,又把梅一皖抢了过来,对梅母和朱少白说："如果你们还不交银像,这个孩子也保不住,快说!"

朱少白醒来,跪爬着："还我的孩子呀……"

"你这个丧尽天良的!"梅母骂道。

"我数到三,再不交我可要摔……"警察局长说。

朱少白看着梅母喊道："妈,妈!"梅母坚定地说："少白,少白!"并摇着头。

"一、二……"警察局长数着数。

"住手！"梅大栋这时冲了过来。

警察局长看到来人不知是谁，莫方平指着走过来的梅大栋，对警察局长说："'赤匪'头子梅大栋，快抓住他！"

警察局长把孩子举着说："把银像交出来，你们一家就无事了。"

朱少白一步上前，从警察局长手里抢过梅一皖。

梅大栋说："冲我来吧，她们什么都不知道，这事只有我知道。"

"好！干脆！把他先绑在这树上。"警察局长指挥着。

警察们把梅大栋绑在黑松树上。

82.梅村官家山　外　日

马青红和何聪流着泪，看着山下发生的一切，远处张照谟带着一队农会会员跑来。

83.梅家　外　日

"你说吧，干脆点！"警察局长问道。

"你先让我老婆带着孩子回朱旺镇她娘家，让我妈把书华葬了，我就会说。"梅大栋说。

"老子等不及了，你不说，架木柴，不说就烧死你这贱骨头！"警察局长指挥着。

梅母哭道:"佛祖快快显灵吧!快来惩罚这帮无人性的恶魔。"

朱少白瘫坐在井沿,抱着一皖,朝井里喊:"书华,我的儿呀!"

木柴架好,梅大栋沉默,流下眼泪。

"我数到三,不交银像就烧死他。"警察局长说。

"一、二……"警察局长举着火把。

"慢,慢,我说,我说。"梅母这时用颤抖的手制止道。

"妈,儿死不足惜,自有后来人,你千万不能交!"梅大栋怒目圆睁。

朱少白也喊:"妈,不能呀!不能呀!"

梅母说:"我两个儿子都被逮了,孙子也没了……我梅家不能无后。梅家的门头还要人顶,不是妈胆小,不是妈自私,我交了,就是保护你们,就是让你们好好活着,继续干你们的事,为梅家争光。"

"妈,妈,不能只为一个家呀,不能交!"梅大栋说。

莫方平恶狠狠地说:"快把他的嘴堵起来!"一个警察用毛巾把梅大栋的嘴堵了起来。

梅母点点头,又对朱少白说:"少白,少白,你记住,举头三尺有神灵呀!"她握着少白的手说,"这家从今后就交给你了,记住,举头三尺有神灵。你们的神和我的神都顶在头上,你听懂了吗?"

朱少白点点头。

梅母抚摸了一下孩子,颤颤地走向屋内,拿着佛龛走出,递给了警察局长。

警察局长高兴地从佛龛里拿出红布包裹的银像,将佛龛扔到火堆上。

"我可以拿到两百元大洋了,哈哈哈……"

梅母跪在佛像前。

火点燃了家里木板墙壁,大火燃起。

"砰!砰!"山上草丛中响起两声枪响,接着,何聪、张照谟指挥农会会员冲过来。

警察局长惊恐地向手下喊道:"撤!撤!把梅大栋带走。"

梅大栋回头看着燃起火焰的梅家老屋,眼角湿润。

(内心独白:"妈,妈,妈,你怎么了?你不该这么做。谁来救救我妈啊!")

朱少白望着大火和远去的大栋。

(内心独白:"大栋,你错怪妈了。")

朱少白和众乡亲在救火,莫方平站在大树下,抽着洋烟,看着热闹,一粒鸟屎滴到他头上。他骂了一句:"真他妈的霉气,我们走。"说着领着家丁们离开。

大火渐渐熄灭。

84.县府　内　日

假的马克思银像。

警察局长对县长说:"就这个玩意儿,能值两百大洋?"

唐县长说:"它不止这个价,在'赤匪'那里它是无价之宝呀。穷苦人有了它就有了主张,有了灵魂,就会闹事,就会想推翻我们政府。别看它小,这是中国共产党所有人的精神所在呀!"

莫方平凑过身来:"恭喜唐县长,这事在我们安徽,不,在全国,也是立了大功一件呀!"

唐县长得意扬扬地说着:"哪里哪里,这都是大家共同努力的结果。我明天去安庆党部给诸位请功去。"

赵允鸿却注视着那尊雕像,倒吸了口气说:"县长,莫急,我看这像有问题。"

"什么问题?"唐县长和警察局长紧张地问。

"马克思雕像我看过,它是银像,像座上还有俄文。这分明是锡的,也没有俄文呀!"赵允鸿说。

唐县长把雕像举起来,冲着太阳光反复看,又用牙咬了一口雕像:"这、这不是银的,是假的,我们上当了。"

"那怎么办?"警察局长说。

"速带人再去梅村,从那个儿媳身上找。我现在就来提审梅大栋、梅大梁。"唐县长目光凶狠地说。

"是!"警察局长和莫方平应声。

85.旌德县监狱　内　日

一组镜头：

梅大栋被上老虎凳。

梅大梁被上老虎凳。

梅大栋被拖出去,一路血迹。

梅大梁被拖进来,一路血迹。

他俩被拖,擦身而过时,只来得及"大梁弟""哥"相互唤一声,就被拖开。

86.梅家　外　日

梅家房屋断垣残壁。

警察们还在用锹翻着灰烬。

警察局长气急败坏:"挖地三尺,也要给我挖出来!他妈的,两百块大洋没了,这煮熟的鸭子竟他妈的飞了。"

莫方平凑过身去,递烟点火,并说:"兄台,别急。这财呀,是你发的,它跑不了,跑不了。"

"这都翻了两天了,什么也没有。"警察局长气恼地说。

这时,几滴鸟粪落在莫方平和警察局长的头上、肩上。

"他妈的,人倒霉放屁都打脚后跟,这鸟还欺负上俺了。"说完警察局长拔出手枪向鸟巢射去,鸟惊飞,从鸟巢中落下一块红绸布。

"原来它藏在鸟巢里,怪不得老婆子总说举头三尺有神灵呢!"莫方平惊道,"快上树,银像在树上鸟巢里。"

警察局长连忙喊手下:"快上树,快上树!"

一警察爬上树,把鸟巢掀到树下。

莫方平和警察局长看到空鸟巢很失望。莫方平拿着红绸布说:"一定是被那个小婆娘藏起来了。"

"快,全县搜查朱少白!"警察局长叫道。

87.黄崖洞　　内　　日

朱少白抱着一皖。

何聪对朱少白说:"我是大栋和大梁的同志,这次来是想把银像转移出去的。为了银像,你们梅家牺牲太多,组织上会感谢你们。我马上要回武汉向党组织汇报。走之前,我想把这只渔鼓带走,大梁和大栋都答应过的。"

朱少白说:"请告诉组织,我们不会辜负组织的希望和重托。你走吧,这千山万水的,你一个姑娘家,要多多保重。这个渔鼓你带上吧。"

何聪把那个银锁给一皖戴上:"这是一个凤锁,和书华的是一对。"

朱少白流泪道："书华我儿,才三岁呀,那个丧尽天良的竟下得了手。为了纪念我书华儿,从今天起,我就把一皖的名字改为梅淑华了。"

何聪吻了吻孩子,走出洞外。

朱少白把梅淑华的襁褓打开,露出马克思银像,她自言自语地说："这银像关系到我们梅家三代人的恩仇,我不会给谁,只等有一天解放了,我要亲自交给党组织。"说完把襁褓又打好。

88. 黄崖洞　外　日

何聪和马青红、张照谟等人告别。

"张队长,你们要尽快营救被囚的同志。"何聪说,"我去武汉汇报完,领到组织新的指示就会立刻回来。"

张照谟点头说："我们已经有了安排。"

何聪对马青红说："这几天你在这里多帮老张他们,不要轻举妄动。"

马青红说："我知道了,就是特别想见见大栋、大梁。"

"一定不要轻率下山,知道吗?"何聪吩咐道。

说完,她背上渔鼓,在两个农会自卫队员的护送下,走向下山的山道。

这时,一位便衣打扮的自卫队员与他们擦身而过。

自卫队员在洞外向张照谟汇报着什么,张照谟大惊,马青红听后向山下跑去,张照谟在后面喊着。

　　这时,焦尔神父和牛把式上山来。焦尔神父对张照谟说:"我给你们送来了一些吃的和药品,这是上帝让我们来的。"

　　张照谟感谢道:"谢谢!"

　　焦尔神父说:"你们有什么事需要我做的,尽管说,我们的目标是一样的,救人于水火。"

89.县府　内　日

　　唐县长对警察局长、莫方平说:"省党部对于我们这次平叛暴动和收缴银像给予嘉奖。两百块大洋我给你们带来了,同时,也带回来一个命令,命令即日对梅大栋、梅大梁等二十位'赤匪'进行审判。判梅大栋、梅大梁等十人死刑,以儆效尤。"

　　"好呀!这下就不会再有穷鬼闹事了。"莫方平说道。

　　唐县长对手下说:"你们立刻发公告,把这消息发布出去。"

　　"那真正的马克思银像不找了?"莫方平问道。

　　"外松内紧,你还得追查,暗里追查。"唐县长说。

　　"走,走,今天我请大伙到徽庆楼去吃地道的臭鳜鱼。那味道,臭得很,也香得很呀,走!"警察局长拉着两人的手臂出门。

　　"你是该请客,你得了两百块大洋就请我吃臭鳜鱼,也太小气了吧。"唐县长说。

90.小巷 外 夜

警察局长喝得醉醺醺的,哼着小调走着。

91.警察局长府 内 夜

警察局长敲门:"开门呀！老子回来了！"

门吱一声打开,一把匕首顶着警察局长的颈子。

警察局长瞪大惊恐的双眼。

持匕首的蒙面人一下把警察局长腰上的手枪夺了下来。

"好汉,有话好说,别动家伙。"警察局长举起双手。

"说,那座银像在哪里？"蒙面人问。

"在、在县府的县长办公室里,不在我这。好汉,要钱我给,只要饶了我的命就行。"警察局长哀求着。

"命我不会饶的,这一刀是为了孩子,这一刀是为梅妈妈她老人家。"蒙面人用匕首狠狠地捅刺着。

警察局长倒地后看到被绑的几个警察,还有他的家人。

蒙面人将匕首在警察局长身上擦了擦血,转身一个健步飞蹬上墙,越墙而去。

92.县监狱　内　夜

（相互切换或分割画面处理）

梅大栋独白："党啊,我没有保护好银像,请处分我吧！"

梅大梁独白："哥哥怎么样了？妈妈怎么样了？银像现在安全吗？"

梅大栋独白："少白现在怎么样？大梁怎么样？同志们现在可安全了？"

梅大梁独白："银像可得保管好！"

梅大栋独白："银像呀,银像！"

狱窗之外,雪花飘下。

93.县府县长办公室　内　夜

蒙面人潜入县府县长办公室,刚要动手翻找,灯突然亮了。

四周站着荷枪的警察。蒙面人被一警察从脑后一枪托击倒在地。

唐县长口叼根牙签,微笑地走过来,摘下蒙面人的面罩,露出马青红的面孔。他把雕像放到马青红的眼前说："你是来偷它的吧？"

马青红怒视着。

"哈哈,我就知道这尊银像会把你们这些'赤匪'引出来。把他拖下去,关起来。"唐县长对手下说。

"县长,狱里都关满了,只有梅大栋和梅大梁是单间。"一警察说。

"就把他和大栋关在一起吧！都是'匪',都是'贼',哈哈……"

94.县监狱　内　晨

马青红被打后,被拖着扔进了梅大栋的牢房。梅大栋爬过去让出晕死的马青红,急忙叫道:"青红,青红,你醒醒。"

马青红慢慢支起身,向梅大栋艰难地笑道:"终于能见到你了,你还好吗,大栋?"

梅大栋看着满身是伤的马青红:"你没事吧?"

马青红笑笑:"我以前是做贼的,这第一关就是要能挨揍。"

梅大栋问:"外面的同志现在怎么样了?"

马青红说:"张队长他们正在想方设法营救你们,我是听到俺们的队员带到山上的消息,说你和大梁等人要被判死刑,才下山来营救你们的。"

"哦,怎么营救?"

"用它们就可以。"马青红调皮地笑着说,并从口中吐出一枚银牙签,又从后衣领中拿出一个铜勺。

梅大栋问:"这个……行吗?"

马青红说:"听我的,挖!"

两人开始用铜勺和银牙签挖着墙缝,马青红边挖边说:"大栋,刚才我在县长那看到的银像好像是假的,我认为大妈交的是假的,不像是真的。"

梅大栋说:"假的?那上面有俄文吗?"

马青红说:"我看得真真切切,没有俄文,颜色也不太对,好像是锡的。"

梅大栋欣喜地说:"大梁呀大梁,你可救了党,你可救了我了。娘,我错怪你了。"

梅大栋抚着狱窗,号啕大哭起来。

95.旌德城街　外　日

长街,大雪飘着。

朱少白打扮成一个农妇,背着孩子,打着伞走着,身后是张照谟等打扮成卖山货的人跟随着。

朱少白的前方是手拎两只瓦罐的中年壮汉在雪地上蹒跚而行。

朱少白看到快到县监狱时,紧跟了几步,对中年壮汉说:"舅舅,这两个饼子,一个是给大栋的,一个是给大梁的,让他俩吃时要多加小心。舅舅,就劳烦你了。"

中年壮汉接过饼子,点点头,叹口气,走向监狱大门方向。

朱少白闪身走进一家挂有"马氏裁缝店"招牌的屋内。

96.县监狱　内　日

中年壮汉把瓦罐和饼递给梅大栋:"你吃饼多嚼嚼,这是张照谟和少白给你们送的。"

"舅舅,这大雪天,你就不要送了。"梅大栋说。

中年壮汉摇摇手,拎着另一个瓦罐,在狱警引领下到另一个牢房。

梅大梁看到中年壮汉,喊道:"舅舅,家里还好吗?"

"还好还好,你嫂子、侄女都好。这饼和汤是老张和少白送的,你可得慢慢嚼。"中年壮汉说着。

梅大梁感激地微笑起来。

97.马氏裁缝店　内　日

朱少白将两块蓝布递给马裁缝说:"麻烦你给加急赶制两件男式成人棉衣。"

"成人棉衣,有样吗?多大尺码?"马裁缝问。

朱少白被问住了,这时,孩子哭了起来。

张照谟走入房内,把写有梅大栋、梅大梁被判死刑的布告给马裁缝说:"是给这两人做的。"

马裁缝连忙说:"我一定加班赶,后天你们来取吧。他俩可是大英雄呀。"

朱少白眼圈红了。

98.县监狱　内　日

梅大栋牢房。

梅大栋吃到饼中的小纸条,他赶忙看,上面写了一行字:"工具在汤里,挖墙出狱,我们接应。"

马青红在喝汤,汤里滑出一把尖刃小刀。

镜头切换:梅大梁牢房。

梅大梁看完纸条,欣喜,接着把纸条吞了下去。他把手插到吊罐里,也摸到一把小尖刀。

99.县监狱　内　夜

大雪在落。

(镜头互相切换)

梅大梁在挖墙缝。

梅大栋和马青红在挖墙缝。

监狱院内,积雪渐厚。

大梁在思考(独白):"两人一起越狱恐难成功,我来闹狱,吸引敌人的注意力。"

"起来,饥寒交迫的奴隶!起来,全世界受苦的人!……"大梁唱起了《国际歌》。

狱警骂道:"别唱了,别唱了!大半夜的不睡觉,发什么神经。"

大梁不予理睬,继续唱着。

狱警打开牢门,冲了进来。用警棍打大梁,大梁额头流血,微笑着继续高歌。

探照灯投过一束白光,把院子照得通明。

终于,梅大栋和马青红把墙挖了个洞,他俩爬出墙外。

"再等一等大梁吧。"大栋说

"不能等了,大梁那边有警察。"马青红说。

马青红扛起梅大栋爬上墙,两人相继跳了下去,跳墙时梅大栋回身,叫了一声"大梁!"。

100.监狱之墙　外　夜

一驾马车在雪地等着。

张照谟见到跳下高墙的梅大栋和马青红,连忙搀扶着他们上了马车。一声鞭响,马车疾驰而去,雪地留下一道辙痕。

监狱内传来枪声和叫喊声。

狱门打开,一群持枪人在雪地里追着。

(字幕:1928年12月2日,深夜,梅大栋越狱逃走。)

(1928年12月10日,拂晓,梅大梁在县城北门河边就义,年仅19岁。)

101.马氏裁缝店 内 日

朱少白走进店:"老板,我的两件加急棉衣加工好了吗?"

马裁缝递过两件棉衣:"加工好了,不过,这两件衣服我看都用不上了。"说完,马裁缝低下头叹了口气,"好人呀,不长命。"

"老板,你怎么说话呢?"朱少白责备道。

"你还不知道呀,梅大栋前几天逃狱了,这梅大梁昨晚被枪毙在北门河边了。听说还是自卫队的人为他收的尸。可惜啊,才19岁呀。"马裁缝说着扔下皮尺,骂了句,"这是什么世道!"

朱少白神情恍惚地向门外走去。长街上,大雪中,她嘴里轻唤着:"大栋、大梁,大栋、大梁……"

马裁缝捧着两件棉衣追过来。

朱少白"哇"的一声大哭,倒在雪地里,肩背上的孩子在大哭着。

众多行人围了过来。

（字幕：一年里，朱少白精神失常。）

102.县府　内　日

唐县长骂狱长和负伤的警察局长："全县封锁，一定要抓住梅大栋。"

"是，是。"

一组镜头：

(1)警察在山道和关口搜查行人。

(2)梅大栋在稻仓内疗伤，陷入昏迷。

(3)警察冲进农户家抓人。

(4)梅大栋在蜡烛光下读书。

(5)朱少白被送进焦尔的教堂内。

(6)警察来教堂门前盘查，焦尔制止警察进入教堂。

(7)朱少白抱着梅淑华哼唱着《八平歌》。

103.三都山地稻仓里

梅大栋和张照谟、马青红说着:"同志们,我这伤也好得差不多了,我要尽快离开这里去上海找组织。"

"可现在查得紧,到处都是警察的暗哨、明哨,所有出旌德的路都封了。"张照谟说。

"这里的消息我一定要尽快向组织汇报呀。"梅大栋焦急地说。

他们都无计可施。

梅大栋问:"少白,她好吗?"

张照谟说:"少白她还好,有人照顾,只是莫方平这些天闹腾得厉害。"

"一定要把少白的病治好,只有她知道真银像在哪里。"梅大栋说。

梅大栋又思考了一下说:"这样,我来写封信给莫方平。马青红,你去趟芜湖,要想办法把信邮给他。"

"怎么给他写信?"张照谟问道。

梅大栋说:"对,就是要给他写封信,这叫声东击西。这样我们才能明修栈道,暗度陈仓,才能走出去。"

梅大栋和他们二人耳语起来,他俩听后大喜。

104.莫府　内　日

莫方平拆开信。

（梅大栋的画外音："方平兄，托中山先生洪福，我已平安离旌，抵达芜湖。明日将与友人一同前往日本。家中病妻和幼女，望不要再加害，施毒手。我们会再见的，你好自为之。"）

莫方平一脸惊恐。

105.县府　内　日

唐县长看着信，旁边站着惊恐的莫方平。唐县长读完信，吓得一下坐了下来，仰天望叹："让他跑了，让他跑了……"

警察局长问："那还要在山外出口四处布兵吗？"

"撤了吧，把警力收缩回县城，加强县内警防。他梅大栋可能都东渡日本了。"唐县长叹了口气。

（字幕：即日，省府主席陈调元签署通缉令，全国通缉梅大栋。）

106.徽杭山道　外　日

梅大栋和张照谟、马青红三人打扮成徽商模样，走在山道上。

这时，一驾马车驶了过来，在他们身边停下。

"梅大栋先生,你看我是谁?"一人跳下车说。

"我不是梅大栋,在下是梅养天。"梅大栋警惕地说,定神一打量,"哦!是焦尔神父。"梅大栋认出了焦尔神父。

"惊喜吧,还有惊喜呢!你看——"说完,焦尔神父掀开马车帘子。

帘子里坐着贵夫人样的朱少白,旁边坐着打扮成丫鬟的何聪,抱着孩子。

梅大栋惊诧地一把搂抱住下车的朱少白:"少白、少白!"

两人拥抱着大哭起来。

"少白,你病好了吗?"梅大栋问。

朱少白点点头。焦尔神父说:"他们让夫人在我的教堂里治病休养。放心,她的病早就好了。"焦尔神父得意地说。

何聪把孩子递了过去,给梅大栋看。梅淑华露出了甜甜的微笑。

梅大栋和朱少白又流下眼泪。

张照谟催促道:"快上车吧,外面风大,别冻了孩子。"

梅大栋抱着孩子和朱少白上了车。

梅大栋问朱少白:"少白,马克思银像放在哪里了?你藏好了吗?"

朱少白点点头:"放得很好,很隐蔽,你就放心吧。"

"在哪?"梅大栋急切地问。

朱少白指指心口:"在这里。"又指指孩子,"在她那里。"

"你连我都不说,少白。"梅大栋说。

"这是绝密。"朱少白微笑着说。

群山逶迤,山泉飞流,马车在山道上疾奔,蹄声清脆……

字幕并画外音:

1931年1月18日,梅大栋化名陈铁如,在上海因叛徒出卖,和左联五位同志一起被捕入狱。朱少白在上海入党,从事情报工作,在党的机关遭破坏时,及时保护了机密文件,得到组织表扬。

1959年,梅大栋的儿子梅本华把马克思银像捐赠给旌德县人民政府,现系国家一级革命文物,珍藏在旌德县档案馆内。

1957年,梅大栋在整风运动中秉公直言,被打成右派,在四川彭山县病逝,享年56岁。1980年党为其平反,追认其为革命烈士……

(一尊马克思银像在阳光下放出夺目的光彩。)

剧终。

山鹰高飞

(中共安徽省委宣传部重点扶持项目)

序

  日出山岭,大别山连绵起伏。

  童声合唱《八月桂花遍地开》:"八月桂花遍地开,鲜红的旗帜竖啊竖起来,张灯又结彩呀……"

  山岭上,金家寨列宁小学,一群少年在欢快地边舞边唱。

  枪炮声从远处隐隐传来。

  一只山鹰在大别山的山谷上空飞翔。

  推出片名:山鹰高飞

  山鹰一直在飞。

  蓝天、白云,俯瞰视角的森林和大地。

  山鹰在飞,飞过山谷、山涧、村庄,飞向金家寨。

1.金家寨列宁小学　外　日

　　字幕：1932年8月，金家寨列宁小学。

　　山鹰在飞，落在金家寨列宁小学的屋顶上。

　　山鹰眼睛晶体上折射出冉冉升起的苏维埃旗帜。

2.金家寨列宁小学　外　日

　　一声哨声响起。

　　根子、栓柱等十多位红军列宁小学的学生集合列队。

　　根子站在队列前，环视队列。

　　根子对同学们说："同学们，听俺爹说敌人第四次'围剿'已经开始了，咱们红军又要打大仗了，咱们童子团应该为红军做点啥？干点啥？大伙好好想想，帮着出主意。"

　　"我们给红军送军粮。"

　　"我们给红军扛子弹。"

　　"我们给红军洗衣服。"

　　众学生热烈地讨论着。

　　"依我看最好是给红军送石斛，石斛可以疗伤。"丫头从队伍后面探出头来，"我家铜皮石斛、米斛、铁皮石斛，都有！"

　　栓柱回过头来，嘲讽地看向丫头："你家还有百年老参，你爹那老抠,会给吗?"

丫头:"你爹才是老抠!"

栓柱冲着丫头就是一拳:"谁说咱爹,咱揍谁。"

丫头咧嘴欲哭,回头看向发财:"媳妇,你帮咱揍他。"

比丫头大两岁的发财一扭身:"什么媳妇不媳妇的,这是红军学校,不是在家里。"说完她站在两者中间,对丫头说,"算了,算了……"

丫头怒嗔发财:"你还是我媳妇吗?你男人被人打了,你也不帮把手,回去告诉娘,非得用竹条子抽你才行。"

根子走近丫头:"丫头,你不要掺和咱们的事,你还没有入咱们的队伍,你是地主的少爷,你出列。"

丫头怯怯地说:"俺爹把土地都分了,不算是地主了,咱也不是什么少爷,咱也要参加童子团。"

铁锁:"你家还有大药铺,还应该算地主!"

发财:"不该算了!"

栓柱抢着说:"算!"

丫头争辩:"不该算! 我家六代行医,药铺是祖上传下来的。"

根子家的黑狗冲着吵架的人汪汪叫着。

根子一摆手:"别吵了,我们谈正事。"

突然,天空中飞来三架国民党的飞机。

根子大声喊:"大家快卧倒,趴下!"

栓柱却拿出弹弓,站着向飞机打。

根子一把将栓柱按倒在地,朝黑狗喊:"'牛犊'躺下!"根子家的黑狗听话地趴下。

　　发财把丫头按在自己的身下。

　　飞机扫射投弹,一时烟尘、火光、爆炸声四起。

3.天空　外　日

　　三架飞机在空中呼啸。

　　山鹰在盘旋,似乎在追击飞机。

4.金家寨　外　日

　　金家寨长街,店铺林立。

　　飞机飞至上空,扔下几枚炸弹,绝尘而去。

　　炸弹爆炸,街道上硝烟弥漫,火光冲天。

　　街道上几家店铺被炸得燃烧起来。

　　红军战士和农会的人在组织救火。

　　一派杂乱的场面。

5.金家寨列宁小学　外　日

　　飞机飞去,根子、栓柱等人从地上爬起来,失望地看着远去的飞机。

根子家的黑狗向天空吼着。

根子从书包里拿出飞机模型冲着天空比画着,愤怒地喊:"我长大后一定要像赤光叔叔一样,当飞行员,把你们打下来!"

栓柱:"咱们红军不是有列宁号飞机吗?怎么不飞上去揍那些龟孙?"

丫头从发财的怀里钻出来:"咱们列宁号厉害着呢,飞到武汉撒过传单,还飞到黄安炸过国民党的县城呢,厉害得很!"

栓柱:"什么咱们咱们的,你还不是咱们的人。"

铁锁:"就你能,什么都知道!"

发财:"你们不该这样对他。"

丫头:"俺在六安上学时看报纸看到的,是真的,没瞎说。要不是打仗,俺才不回这山窝里呢,连张报纸都看不到!"

发财:"你嫌山窝憋屈了你,有种就别回来!"

丫头瞪了她一眼。

这时,丫头家的伙计哑巴跑了过来,焦急地向丫头和发财打着手势。

"啊!"丫头看明白了,赶忙向自家跑去。

发财转头喊:"不好,俺家被炸了!"说着跟在丫头后面跑去。

栓柱看向根子:"根子团长,你说咱们的列宁号咋就不飞了?"

根子:"听俺爹说,是没有油,飞机飞不起来。"

铁锁:"咱们给红军飞机送油呀,让列宁号飞上天,就能揍那帮龟孙子了。"

　　栓柱："也不知道飞机喝的是啥油。"

　　铁锁挠了挠头："我想，飞机通人性，人吃的油，人用的油，对它应该都管！"

　　根子："对，这个主意好，这个主意不孬！同学们，咱们回家把多余的香油、桐油、煤油捐点出来，咱们列宁小学就为红军飞机送油去！不过，这是个秘密，不能告诉家里大人和老师哦。一说出来，大人们一准不让咱们去。同学们可能守住秘密？"

　　"能！"众学生响亮地回答。

　　根子："好！大家先解散，回家找油去！"

6.金家寨长街　　外　　日

　　炮火后满街的疮痍。

7.廖家药铺　　外　　日

　　"百年廖家老药铺"招牌倒在地上。

　　老店已经被炸塌了半边。

　　丫头爹微胖，双眼红肿地瘫坐在地上，摊着双手大哭："毁了！毁了！全毁了！"

　　根子爹和红军战士、赤卫队的人在帮他家运水灭火。

根子爹走过来放下水桶,擦了擦汗,看向丫头爹:"火都灭了,别灰心,老廖,还有农会,还有赤卫队,还有红军呢。"

丫头和发财匆匆地跑过来。

丫头爹一把搂着两人:"丫头、发财,我的孩儿,你、你们娘没了,被炸没了。"

丫头哇地大哭起来,发财也跟着哭起来,哑巴低着头站在一旁。

丫头和发财跪着向冒着烟的老药铺哭喊:"娘!娘!娘!"

丫头:"娘,我要参加红军打白匪,为你报仇!"

丫头爹:"儿啊,你不能再有闪失了。"

根子爹走过来在丫头爹肩上拍了拍,递过一袋烟:"老廖,抽一口,会好受点儿。"

丫头爹含着烟袋没有吸,目光呆滞。

小马连长走过来,对根子爹说:"老主席,火灭了。师部传令让我去一下,这边就交给你们农会了。"

根子爹:"你先忙去,这里就交给我们吧。明天咱就组织人帮助他们盖房。"

小马连长招了招手,带着数位战士远去。

8.武汉鄂豫皖"反共剿匪"总指挥部　外　日

一民国风格建筑楼群,门上挂着木牌:国民党鄂豫皖"反共剿匪"总指挥部。

两名士兵在站岗敬礼,一辆辆吉普车依次驶入大院。

9.武汉国民党"反共剿匪"指挥部　内　日

国民党军政部长陈诚:"蒋委员长手谕!"

两排国民党军官哗地站立恭听。

陈诚看一下左右,又看了看标有青天白日徽章的保密簿,念道:"各位,务必将列宁号的航程规律摸清,齐心协力,将龙文光和飞机这个心头之患除掉……"说完合上本子,"诸位,这是蒋委员长两年前亲笔手谕,我们至今都没能完成这个任务,对不起委员长呀!今天陈某在这里再次和大家温习手谕,就是要时刻记着列宁号飞机还没追回来,龙'匪'文光也没有逮捕归案!"

国民党军官肃然的脸。

陈诚:"这次我三十万大军'围剿'鄂豫皖,是抓回叛徒龙文光、追回飞机的绝好机会,这是关系到党国的尊严,关系到委员长的威严,更关系到党国的政治和军事影响的大事!为此,陈某决定把追回飞机的任务交给赵师长来完成。"

赵师长挺身应道:"保证完成任务!"

10.金家寨街　外　夜

　　月亮慢慢升上天空,照在街上。

　　一棵被火烧焦的树仍在冒着缕缕青烟。

11.根子家　内　夜

　　根子把油灯捻灭。

　　根子娘:"根子,你今晚咋不读书了?这么早就睡下了,是不是哪里不舒服?"

　　根子:"不是,我打算明儿一早起来读书。这不是为省点灯油吗?油钱贵着呢!"

　　根子爹含着烟:"噢,啥时候俺家的根子知道心疼油钱了?"

　　门外传来狗叫声、敲门声。

　　根子娘问:"谁?'牛犊'别瞎叫!"

　　"是我!"门外传来红军小马连长的应声。

　　"是小马连长啊,我来了。"根子爹打开院门走出去。

12.根子家　外　夜

　　根子爹从房门走出,打开院门。

小马连长带着三个战士急匆匆进来,敬礼:"有紧急事情呢。奉徐向前首长命令,让你们组织五十至一百个男劳力,去新集搬飞机。"

　　根子爹:"搬列宁号飞机?向哪里搬?为什么要搬飞机?"

　　小马连长:"这是军事机密。时间十分紧迫,请你连夜组织动员农会会员,我们配合你们行动。"

　　根子爹:"好,我马上组织人力!这搬飞机的事,我们干过也不是一次两次了,有经验!"

　　小马连长:"就是考虑你们上次干得很好,这次才又派活给你们的啊!"

　　根子爹:"不过这活儿不轻松!上次我们还牺牲了几位会员,栓柱他爹还坠了崖……"

　　小马连长:"是的!上次你们付出的代价太大了!"

　　根子爹:"不说了,我这就挨家动员组织人员去!"说着领着战士们走出去。

　　黑狗跟着跑出去。

13.根子家　内　夜

　　根子在窗口听着爹与小马连长的对话。

　　窗外,根子爹背影渐远。

　　根子自言自语:"搬飞机,搬列宁号飞机,到新集……"说着跳

下床来,从床下拿出一只大葫芦,打开葫芦盖,把油灯里的油倒了进去,并掏出飞机模型,回忆淡入:

教室内,根子、栓柱等学生坐在简陋的课桌前。

学校女校长:"同学们,今天我们上军事课,请来了红军航空局局长龙赤光同志给大家讲解什么是飞机,什么是战斗机。大家欢迎!"

众同学惊喜地欢呼起来。

龙赤光上台敬礼:"同学们好!"

"红军叔叔好!""龙叔叔好!"众声不一。

龙赤光环顾台下:"同学们好!我曾经叫龙文光,过去我是给白匪开飞机的,曾是国民党军政部航空第四队中校队长。前年我给白匪执行飞行任务时,因飞机无油,迫降在红区罗山县宣化店陈家河。这次迫降是我人生中一个重大的转折点,是一次人生的重新起飞,现在我已经改名为龙赤光,我是红军战士了。"

众人鼓掌。

龙赤光:"今天我给同学们带来一架我自制的飞机模型。"说着从挎包里拿出一架美制柯塞式飞机模型,放在桌子上。

众学生均显惊喜。

龙赤光:"这是美国制造的柯塞式高级教练机。"

窗外,山鹰飞过。

龙赤光:"去年12月我们红军打黄安时,就在飞机上挂了两枚迫击炮弹,飞到黄安敌人指挥部上空投弹成功,还飞到武汉撒过红色传单。现在我们这架飞机有个响亮的名字,叫'列宁号'!"

众学生鼓掌。

学校女校长:"下面进入提问环节,同学们可以就飞机的有关问题进行提问,向赤光叔叔请教哦。"

众学生有点害羞,有些拘谨。

龙赤光微笑:"同学们有问题都可以提,谁提问得好,我就把这架飞机模型送给他。"

众人相互看着,面露喜色,开始举手提问:

"飞机是铁做的,怎么能飞上天呢?"

"飞机需要喝啥油呢?"

"列宁号飞机能飞多高多远啊?"

梳小分头戴眼镜的丫头趴在窗口看着,一脸羡慕。

龙赤光正准备回答学生们的问题时,一个红军战士跑步进教室,向龙赤光敬礼:"报告龙局长!师部有紧急情况,让您立刻赶回。"

龙赤光回了军礼:"是!"

龙赤光面向全体学生:"抱歉,同学们,我不能回答你们的问题了,这架飞机模型就留给你们做纪念吧。谁是童子团团长?请来代领下。"

根子看了窗外的丫头一眼,走上台向龙赤光敬了个礼,接过飞机模型。

龙赤光回礼,随红军战士一起跑出门外。

众学生围向飞机模型。

女校长在送龙赤光时转身对根子说:"飞机模型你先保管好!"

"是!"根子脆声答道。

淡出。

根子看向窗外的星空:"对！我们也去新集,去给列宁号飞机送油去!"

14.金家寨街　外　夜

金家寨街,夜色浓重。

打更声、鸡鸣声传来。

15.廖家药店后厅　内　日

廖家设着灵堂,丫头和发财跪着为死去的娘守灵。

丫头爹悲痛地坐在椅子上:"丫头、发财,你们也不小了。发财你该十五了,丫头也有十三了,都成人了⋯⋯这世道越来越不太平,这不,又该打大仗了,你娘又被炸死了,我想这两天就把你们的婚事办了。办完事,我就把你俩送到国外去求学。这六安,这南京,这武汉,这中国到处都是战火,没办法活人了⋯⋯丫头,我们廖家就你一个独苗。我只能这样,你俩准备准备,明天就成亲吧。"

丫头抬起泪脸:"爹!我还小着呢!"

丫头爹:"还小?我在你这个岁数都出门做生意了!"

丫头:"我不干,我不成亲!"

发财看了丫头一眼,不解的表情。

丫头爹:"为啥?"

丫头指着发财:"她比我大,像是我姐。"

发财生气了,一低头跑出家门。

丫头爹指责丫头:"你看看你,说的是啥话?去把你媳妇叫回来。"

丫头怏怏不乐地走出门。

丫头爹叹了口气。

16.石拱桥下河床上　外　日

发财远远地走来。

根子、栓柱、铁锁等十多个列宁小学的学生,把各自从家里偷来的油分别倒入六只葫芦。

根子:"同学们,别倒错了,香油倒在系有红线头的葫芦里,煤油倒入系有绿线头的葫芦里。"

众学生在倒油。

根子:"同学们!俺们村大人们今天一早都随俺爹走了,是去搬飞机了。为什么搬飞机？我想就是飞机没有油了，我们要送油去，飞机有了油可以飞上天打白狗子了。这送油是个光荣的事。现在我们选三个人去新集送油，第一个就是我，还有两个选谁你们说说。"

"我选栓柱，他身体壮！"

"我选铁锁，他点子多。"

众学生吵吵着。

根子跳到石头上双手向下压了压："别吵，就这么定了！算上栓柱、铁锁，咱们现在就出发。这事你们可不能和咱们家人、老师提前说，等到今晚你们才能说，知道吗？"

"知道！"众学生答。

发财走近："俺有意见。"

根子看了她一眼："你有啥意见呢？"

"团长，你们送油也该算上我们女生一份，俺要去！"发财说。

根子："你一个女孩家家的，这几百里山路你能行吗？你家丫头少爷能同意吗？"

"我问你们，你们去送油家里大人谁同意了？俺比你们都大，是你们的姐。俺什么粗活都能干。"发财说。

栓柱："不行，女孩子不行！"

"女同学们，你们可赞成？"发财转过身问几位女学生。

数女生："我们赞成！女生也要送油！"

男生们异口同声："不行！不行！"

117

两边对抗起来。

"不同意是吧？那俺马上去告诉老师。"发财装着要去学校告状的样子。

根子无奈："好！算你一个。咱们出发！"

根子他们肩上扛上油葫芦，列队出发。

根子朝黑狗斥了一声："'牛犊'前面领路！"

黑狗听懂话似的欢快地朝前方跑去。

石拱桥石墩后露出头戴西瓜帽的丫头的脸……

17.国民党第八十三师部　内　日

国民党第八十三师赵师长坐在椅子上，大胡子团长站在一旁。

赵师长："记住，陈长官要求我们务必把红军列宁号飞机完整地追回，这事我交给你们一团来办，一定要办好！"

大胡子团长立正："姐夫，不，报告师长，我一定会把飞机给追回来！"

赵师长站起身来，拍了拍大胡子团长的肩："这件事办好了，你这肩章上的豆豆可就要换了。哈哈哈……"

大胡子团长："谢谢姐夫，不，谢谢师长栽培！"

赵师长："你们要秘密进入，防止他们把飞机藏起来。"

大胡子团长："秘密进入？"

赵师长："对，秘密进入……"

灯光暗。

18.山岭　外　日

四位少年肩扛大葫芦,走在山道上,身影渐远。

19.山神庙　外　日

四位少年肩上吊挂着大葫芦,坐在庙前休息。

栓柱到水井边打水。

铁锁问根子:"这条道对的吗?"

根子回答:"肯定对的。"

发财问:"你怎么这么肯定?"

根子唤声"'牛犊'过来",说着把一条汗巾伸过去。

根子家的黑狗跑过来,嗅嗅汗巾,就昂头汪汪叫了一下,又低下头跑到庙前的台阶上,汪汪叫。

根子走过去,用手摸了台阶上的烟灰,放在鼻子下嗅了嗅。

"这是俺爹抽的黄烟儿,没错的,他们在这里歇过脚。"

栓柱急匆匆跑过来:"不好了,丫头和哑巴来了。"

发财急忙起身:"什么? 他们怎么来了?"

众人站起身来向远处望去,不远处出现了丫头和哑巴的身影。

20.山道上　外　日

哑巴背着一小铁桶煤油在前面走着。

丫头跟在后面:"看！他们就在前面,追上去啊！"

两人爬上坡坎,小跑着追来。

21.山神庙门　外　日

根子、发财等人看着越走越近的丫头和哑巴。

丫头和哑巴走了过来,满头是汗。

根子迎向丫头:"你们怎么来了?"

发财走过来,卸下哑巴肩上的油桶,又心疼地用手帕为丫头擦汗。

丫头推开发财的手帕,瞪了发财一眼:"回去再找你算账。"转头看向根子,"我为什么不能来？我娘被他们炸死了,我要报仇！"

根子没有吱声。

铁锁笑着推了一下根子:"咱们进庙吧,让人家两口子说说悄悄话。"

根子愣了愣,招招手,数人走进庙里。

发财递过来小竹筒:"你喝点水。"

丫头:"喝,喝,我喝！你还有脸和我说话呢？不打招呼你就偷偷跑走,你一心向着外人,心里还有我吗?!"

发财:"俺……俺……"

丫头上前一步,夺过小竹筒一仰头喝起来,喝完一抹嘴:"我看你的心是黑掉了!是谁把你从雪地拾回来的?是咱娘。是谁为你爹娘买棺下葬的?是咱爹。我廖家对你咋样?!娘一死,你就乱跑。这还没有过头七呢,你的良心是被狗吃了?!"

发财低头流泪:"俺没忘,真没有。你说俺是你姐嘛,俺才走的,不走,我还等你下休书呀?……"

庙里传来铁锁用树叶吹出的婉转的鸟鸣声。

丫头瞥了瞥古庙:"别哭了,俺听了就烦。俺要听歌了,你唱个歌,俺就不生气了。"

"真的?"发财怯生生地问。

"真的。"

"我唱个山歌小调《反正话》吧。"

"随你!你唱,我听着呢。"丫头架个二郎腿眯上了眼。

发财唱起六安民谣:

满天月亮一个星,
树梢不动刮大风。
一根鸡毛没刮动,
整块铁飞上天空。
牵着犁耙扛着牛,

屋山头里扒芋头。

吹着铜锣打喇叭,

我说这话颠倒嘴。

马棚拴在马底下……

22.新集城外国军临时师部　外　日

一队国民党士兵列队,待命。

赵师长走了过来,对大胡子团长摇头说:"这怎么行?你们这样去'红匪区',没找到飞机就被打死了。"

大胡子团长不解:"那咋办?"

赵师长对身边的副官说:"把东西抬上来,发给他们。"

副官一抬手,士兵抬上来了十多个装着红军的灰军装的箩筐。

赵师长对大胡子团长说:"让兄弟们换上,另外,你也把这胡子给我剃了。"

大胡子团长满脸笑容地说:"是!"

23.山神庙门　外　日

根子和栓柱、铁锁坐在佛像下。

根子从怀里掏出飞机模型,端详着。

栓柱手舞足蹈,模仿飞机飞行:"我真想长大后像赤光叔一样,开着飞机上天,呜呜——"

　　丫头:"给俺看看。"

　　栓柱:"缩回你的狗爪子,别给弄坏了!"

　　发财:"不给看俺就不看,不蒸馒头也要蒸(争)口气。少爷!过来,我给你叠个纸飞机。"

　　丫头慢慢走过来,栓柱瞪了发财一眼。

24.山野　外　日

　　根子的喊声从画外传来:"走喽!去新集给列宁号送油喽!去找赤光叔喽——"

　　发财的歌声仍在回荡,歌声里,叠现出以下一组画面:

　　远景,群山小道,少年们在山道上攀缘。

　　近景,瀑布边,少年们在戏水,黑狗"牛犊"在水里撒欢。

　　近景,根子用石块在岩石上写下"红军万岁"的字样。

　　远景,少年们小心翼翼地走过山涧上的独木桥,独木桥坠入山涧。

　　特写,丫头紧张的脸,栓柱等人的笑脸。

　　近景,丫头把发财的油桶拿过来挂在自己的脖子上。哑巴鼓掌,发财笑。栓柱过来把丫头的油桶拿过来。铁锁刮了刮丫头的脸,大家笑起来。

近景,丫头把哑巴背着的小铁桶拿过来背上,哑巴笑,发财竖起大拇指。

近景,根子举着飞机模型跑着,后面跟着栓柱、铁锁等。

近景,发财在教少年们叠纸飞机。

一只山鹰在他们头顶盘旋。

25.新集郊外　外　日

一队穿红军制服的军人在山林里潜行,领头的是已经剃了胡子的刘团长。

26.固店镇　外　日

刻着"固店镇"三个字的石碑竖在镇口的石拱桥边上。

根子一行人走过石拱桥。

街道上,赤卫队员和红军战士忙碌着,在搬运物资和弹药。有人喊着"让个道,让个道",用担架抬着受伤的红军急匆匆地跑过。

石板街上,从担架上滴下了鲜血。

发财和哑巴悲伤的目光。

整个街上一派忙乱和紧张,仿佛战争刚结束。

根子紧锁眉头。

27.固店镇街　外　日

　　固店镇西街头,红军已经封锁了去往河南方向的官道。

　　少年们要过封锁线,红军战士不同意。

　　红军战士:"现在前方在打仗,危险得很。你们不能去河南了。"

　　丫头辩道:"咱们是给红军飞机送油去的,是支援前方的!"

　　红军战士:"送什么油?快回去吧。前方打得很残酷,大部队正在转移,你们快点回去。"

　　众少年:"不行!我们一定要去!"

　　红军战士:"你们谁是领头的?"

　　根子上前一步:"我是团长!"

　　红军战士:"团长?"

　　根子把头仰了仰,有点得意:"是的!"

　　铁锁:"对!他就是咱们童子团的团长。"

　　红军战士严肃地说:"好!小同志,你们童子团要不要听红军的话?"

　　根子点点头:"当然要听啦!"

　　红军战士:"那就好!现在我以布尔什维克的名义,命令你带着你的同学立即返回!"

　　根子:"这、这……"

红军战士急了:"这什么这？这是命令!"

　　"是,是……"根子小声地咕哝。

　　"大声点!"红军战士喊。

　　"是!"根子大声地答道,转身向其他人喊,"我们走!"

　　丫头还想争辩什么,哑巴拉拉他的手,打着手势指着街口。

　　不远处的街口,丫头爹骑着毛驴走过来,喊着:"丫头呀,发财呀,回家去!"

　　丫头低喊:"我爹来了,快躲!"

　　众少年慌忙躲进一条巷子里去。

28.固店镇街一家旧油坊　内　日

　　根子站在木垛上说:"现在大家说说看,这油是送,还是不送?咱们是回去,还是继续往前走?"

　　发财站起来:"一定要送。你们刚才都看到了,咱们红军这次牺牲了那么多人,这血不能白流了。"

　　栓柱:"谁这时候退回去谁就是胆小鬼。"

　　铁锁等人齐声说:"这油咱们送定了!"

　　"好吧!"根子大声说,"这油咱们一定送到,不过从现在开始,大家一定要注意安全,更要注意保密。"

　　铁锁:"对,这次过关口,要不是丫头说了实话,也不会耽搁在这里。"

根子举起一片树叶："这样吧,马上要进入战斗区了,有外人在咱们说话不方便,就用它来传递消息吧。"说完吹响树叶。

铁锁等人惊喜："这个办法好!"

发财和丫头表情为难："咱们只会打哑语手势……这个不会呀。"

铁锁："我教你们,简单得很,一学就能学会的。"

根子高声："抓紧时间学,从现在开始咱们相互学习,有外人在,咱们一律用吹树叶和哑语手势通话。"

丫头："可……咱们怎么过固店镇呢?"

根子："绕道从农田走,不能再走官道。咱们现在就出发!"

29.山野　外　日

根子等人在田埂上走着,向农民打听道路。

根子、栓柱、铁锁边走路边教发财、丫头吹树叶。

哑巴、发财、丫头在树荫下教根子等人哑语手势。

黑狗"牛犊"在三岔路口停下四处嗅着。

少年们在山道上欢快地走着。

根子喊了声："咱们离新集、离列宁号越来越近喽——"

30. 偃洼镇公所　内　日

　　穿红军制服的副官向刚入门的刘团长报告:"报告刘团长,我们制服了一群乡镇武装,怎么处置?"

　　刘团长没说话,步入大堂。斜眼兵团老总等十多个清乡团士兵被捆绑着,跪在地上。

　　斜眼兵团老总磕头:"饶命,饶命,我们下次不敢了。"

　　刘团长没理他,只是说:"红军不杀俘虏。你说说,这里这两天看到有其他红军吗?尤其是有没有红军运飞机从这里走过,或者,什么异常的人来过?"

　　斜眼兵团老总:"没有,'红匪',不是,你们刚撤两天,我们今天才回来,没想到你们就来了。我们只是想维护下乡镇秩序,没干坏事,红军大爷,饶了我们吧。"

　　刘团长对斜眼兵团老总说:"没作恶就好。你现在就去为我们准备点干粮,我们还得赶路。另外,看到红军伤兵,或红军人员,你们一定要把他们收留了,等我们回来一并带走,知道吗?"

　　斜眼兵团老总连忙说:"知道!知道!"

　　"知道,你还不快准备去!"刘团长斥责。

　　"是。"斜眼兵团老总弓腰答道。

31.老虎嘴山下三岔路口　外　日

三岔路口,黑狗转来转去。

根子指着前面的三条道:"同学们,刚才铁锁已经打听到这一条道是经杨家坪去新集的,得走上两天时间;再一条是水路,得要三天时间;这第三条道嘛就是过老虎嘴,只要一天半。'牛犊'一直朝这边叫,说明俺爹他们走的一定是老虎嘴,咱们要追上他们也只能走这老虎嘴。老虎嘴地势险要,大家可愿意冒这个险?"

铁锁、丫头、发财齐声答:"咱们抄近路,就走老虎嘴。"

栓柱在一旁不吱声。

丫头问栓柱:"你咋了？怕了?"

栓柱一拧脖子:"谁怕了?"

根子:"那咱们走吧,俺走在前头,栓柱殿后。大家都要小心呀。油归咱们几个背着,这干粮袋就让丫头拿着好了。"

铁锁开玩笑:"发财可得把小少爷大丈夫看管好啦。"

发财骂:"滚！狗嘴里吐不出象牙来!"

铁锁嬉笑:"狗嘴吐出象牙,那是妖怪,哈哈!"

根子把干粮袋递给丫头:"这干粮袋交给你,这可不能丢了。"

丫头点头。

32.老虎嘴山崖　外　日

老虎嘴山道陡,山崖高悬。

根子等人半侧着身在前行。

黑狗"牛犊"不敢迈步,朝着山崖下的深谷呜咽几声。

根子一把抱起黑狗,大声道:"大伙一定要小心呀!"

黑狗用舌头舔着根子的手臂。

丫头闭着双眼,在哑巴和发财前后搀扶下颤巍巍地向前挪着步。他一睁开眼看到悬崖,吓得双腿颤抖起来。这时,一条青蛇蹿过,丫头惊叫一声跳了起来,手里的干粮袋落到悬崖下,发财一把抱住了他。

发财大姐姐似的拍着丫头的后背:"别怕别怕!"

哑巴转身过来牵着丫头向前走。

前面五个人走过了山崖,回头望去,只见栓柱在老虎嘴最险处跪着,满脸是泪地望着山下。

根子喊:"栓柱,快过来!"

栓柱没有动,只是在哭着。

丫头不屑地说了句:"胆小鬼!"

根子放下黑狗和油葫芦,折过身向栓柱走去。

栓柱挥挥手:"别过来,我能行!"

栓柱跪在地上,磕了三个头,慢慢地支起身子,耸了耸肩头,把油葫芦系了系,抬头望望头顶,但见在十多米高处有一个野蜂巢,一群蜂子在飞。栓柱收回目光,向着根子他们走过来。

根子忽然明白了什么,自言自语地说:"我们不该走这条道。"

铁锁和发财好奇地问:"为什么?"

根子说:"听说栓柱他爹上次搬飞机,就是在老虎嘴摔下去的!"

回忆淡入:

大雨中,根子爹领着一队民工搬运飞机零件穿过山崖。

根子爹回头喊:"大伙小心呀!"

一个炸雷响起,山石滚落。

一个男人扛着一箱零件,小心翼翼地走着,忽然脚下山石滑坡,他奋力地把肩上的箱子扔向前方地上,大叫一声:"啊——"坠入山崖。

根子爹急回头,对着悬崖下喊:"栓柱他爹!栓柱他爹——"喊声在崖下回荡。

淡出。

栓柱走了过来。

根子迎上去:"栓柱,你没事吧?"

栓柱没有理睬他们,径直朝前走。

铁锁对根子说:"丫头把干粮袋丢到悬崖下去了。"

"这怎么办?"发财着急地问。

根子看了丫头一眼,丫头低着头,一副懊丧的样子。

根子:"哎!人没有事就好。"

发财:"对不起大家了,他不是故意的!"

山鹰惊叫了一声掠过。

发财说:"看那只山鹰!"

众少年都仰头看着山鹰。

铁锁吹起了树叶,模拟山鹰的声音。

山鹰在山谷里翱翔。

暮色四合,黄昏来临。

33.偃洼岭　外　日

铁锁跑过来:"根子,有情况!"

根子:"大家隐蔽。"说着指挥众少年躲藏进草丛里。

一个清乡团的队伍搜山而来,清乡团斜眼兵团老总挥着手枪喊:"都给我搜仔细点,抓到一个红军赏十块大洋!"

根子他们隐匿在草丛中,丫头吓得身子发抖。

根子:"咱们这是遇到清乡团的土狗子了。我和栓柱向偃洼岭东边跑,把敌人引开,你们几个向西边猴子洞转移,把油保护好!"

铁锁等人点头。

栓柱拿出弹弓射向斜眼兵团老总的面门。

斜眼兵团老总被射中,大叫一声:"有埋伏!"说着卧倒在地上,举枪射击。

清乡团的兵卒跟着开枪射击。

根子、栓柱故意弄出响声向东边跑去。

斜眼兵团老总发现是两个少年,爬起来喊:"抓住两个红小鬼,每人赏三块大洋呀!快追!"

铁锁带着发财等向西边转移。

34.水亭码头　外　日

穿着红军灰军装的大胡子团长带着一队人在急行军。

大胡子回头问副官:"现在是哪里?"

副官看了下地图:"报告团座,我们现在到了河南和安徽的交界之地,这里是黑龙潭水亭码头。"

"什么团座不团座的,叫同志,叫首长。这里是'赤匪'的地盘,说话要小心。告诉下面的兄弟,一律要注意。"

副官连声:"是,是。"

大胡子团长指着前面的码头:"这里是'赤匪'撤向大别山的必经之路,守住这里,飞机就别想进大别山。"

众士兵应:"是!"

副官:"团……首长,我们为什么要穿'赤匪'的军装啊?"

大胡子团长抖了抖身上的灰军装:"这叫浑水好摸鱼。"

副官竖起大拇指:"同志高明！首长高明！"

大胡子团长:"都给我小心一点！"

众士兵答:"是！"

35.偃洼岭的响飞河　外　日

根子和栓柱跳到水里泅水而去。

斜眼兵团老总带人赶到,举枪向河里射击。

斜眼兵团老总对着河水骂道:"他娘的,便宜了这小子。"说完捂着脸对手下说,"回镇上去。"

36.猴子山山洞　内　傍晚

几位少年困在山洞里。

丫头说:"俺饿,快饿死了。媳妇,还有东西吃吗？"

栓柱回了他一句:"干粮是你保管的,你却把它丢到老虎嘴山崖下去了。咱们都在挨饿,你还好意思说？"

丫头低下了头。

发财悄悄掏出锅巴递给丫头:"这里还有一块锅巴,给你！"

丫头喜出望外,接过来就向嘴里送,却被栓柱一把抢了过去。

栓柱:"所有干粮属于大伙,不能让你一个人独吞。"

发财急了:"凭什么？"

丫头哭腔:"你欺负人!"

哑巴急得双手比画着。

栓柱向后退,铁锁来拉架。

铁锁说:"别吵了,别吵了,等根子回来让他评评理。"

栓柱朝洞外走去。

铁锁说:"栓柱,你这是去哪儿?"

栓柱回了句:"我去挖竹鼠。"

37.山谷　外　傍晚

根子爬到一棵树上,燃着一根松树枝,用烟驱赶蜜蜂,众多蜜蜂飞出,嗡嗡叫着。

几只蜂子落在根子脸和胳膊上蜇了起来。

根子咬着牙,掰下蜂巢,滑下树来,急忙弓着腰向山洞方向跑去。

一群蜜蜂追着。

38.山洞　内　夜

一堆篝火前,几个小伙伴围着根子。

发财用湿毛巾给根子擦着满脸的肿包,流下了眼泪。

根子笑:"别哭,俺没有事的,俺不怕蜂子蜇,俺只怕生漆,一碰生漆俺就喘不过气,嗓子眼都长痒痒疙瘩,会死人的……俺去年差点死在这上头,还是红军医生救了俺,最后诊断是生漆过敏……你们先吃点,俺睡一下就好了。"

丫头他们各自拿着一块蜂巢,不忍下口。

发财把锅巴放在一个小竹碗里,用泉水泡着,扶着根子的头,喂了一口锅巴水:"你喝点锅巴水吧。"

根子摇了摇头。

栓柱从篝火上拿了一个烤熟的竹鼠给根子,根子摇摇手,栓柱给发财,发财吓得躲开。

栓柱给哑巴和铁锁撕了两块肉,他们接下了。栓柱没有给丫头,自顾自地吃了起来。

丫头看了他们一眼,黯然地走到洞外,发财跟了过去。

39.山道　外　夜

搬运飞机的队伍趁着夜色在赶路。

小马连长走过来对根子爹说:"老主席,天色已晚,是不是让队伍就地休息?"

根子爹抬头看了看天:"小马连长,俺看趁夜多赶点路好!一是夜里赶路安全;二是白天高温,人容易中暑。咱们赶到回龙岭再休息吧。"

小马连长点点头:"好!"

根子爹对民工队伍喊道:"金家寨的爷们,咱们这次要完成的是天大的任务,谁都不能装孬熊!拼上一条命也要把列宁号飞机搬回大别山。大伙吃点干粮,喝口水,连夜赶路,没意见吧?"

"没有!"众人大声答道。

小马连长脸上露出敬佩的表情。

40.山洞　内　夜

众少年皆睡。

丫头的肚子咕咕响。

哑巴悄悄地把一只葫芦打开,把香油喂向丫头嘴里。

丫头睁开眼,愣了一下,就顺从地喝着香油。

铁锁在睡梦里吸了吸鼻子,显然被香油的香气熏醒。他一睁眼看到丫头和哑巴,立刻站起身:"你们在干什么?你们这些偷油贼,还要不要脸?!"

众少年醒来,丫头和哑巴一脸惊愕的表情。

栓柱一把夺过油葫芦,一掌推倒丫头,骂了句:"贼!"

根子肿着脸,站起身来:"丫头,你怎么能偷油喝?这油可是给列宁号飞机喝的,飞机喝了油才能飞上天空去打白匪,这油可是我们列宁小学全体同学攒的呀!"

丫头低着头:"可我饿……"

发财推搡了丫头一下:"就你饿?咱们谁不饿?!真丢人!"

丫头想争辩什么,见众人怒目而视,就咧开嘴哭了起来。

根子:"大家表决下,同意丫头跟咱们一起走的举手。"

只有哑巴和丫头两人举了手。

根子:"不同意的举手。"

根子、栓柱、铁锁举起了手,发财也慢慢举起手来。

根子:"好!俺宣布,咱们送油小分队不再带丫头上路了。"

丫头急着说:"别啊!俺改,俺改!"

众人不理,丫头求发财:"媳妇,你给说说啊。"

发财一跺脚,走开了。

丫头绝望地蹲下身,转脸骂哑巴:"就怪你多事。"

哑巴仰着一张委屈的脸。

41.山道　外　日

少年们站在山岗上,根子用手指着山下的河:"看,咱们过了这河,就到河南地界了!"

众少年欢笑起来。

栓柱看向山腰的山道:"丫头、哑巴还在后面跟着呢!"

发财:"不理睬他们,咱们走咱们的。"

根子:"到了地点,见到俺爹他们再说吧。"

一只兔子跑过,栓柱用弹弓打了一弹丸,兔子倒地蹬着腿。

铁锁跑过去捡起兔子,兴奋地喊:"今晚我们可以开荤了!"

众人露出了笑容。

42.山道　外　日

根子爹等民工赶着马和骡子,搬运飞机在山道上前行着。

小马连长和根子爹在推陷入坑里的骡子,骡子终于爬上了山道。

根子爹拿出铜头玉嘴烟袋,抽了一口烟。

小马连长走过来:"老主席,翻过这个岗子就快到安徽地界,进了大别山,一切就都好办了。"

根子爹磕了磕烟袋:"是呀,过了水亭码头,进了山,路虽难走一点,但安全就有保障了。"

小马连长:"是的,徐军长再三交代,一定要小心,防止白匪和清乡团的敌人破坏!"说完转身对队伍喊了一声,"你们原地休息待命,我先去侦察一下。"

"好的!大伙确实也该休息了。"根子爹向大伙说,"大伙休息一下吧。"

小马连长:"你们几个人跟我走,如有情况,就鸣枪报警。"

根子爹装了一袋烟,递给小马:"抽一口再走,你也累了。"

小马连长接过烟袋朝裤带上一插,走了两步,又回过身来,从口袋里掏出一个罗盘递给根子爹:"这个你得保管好。"

根子爹接过罗盘:"放心!人在罗盘在。"

"我信你!"小马连长笑了一下,对根子爹说,"回来再还你的烟袋。"

根子爹向他们挥了挥手。

小马连长带人朝山岗上快步跑去。

43.水亭码头　外　日

丫头爹骑着驴走过来,被一队穿红军服的国民党军拦住了。

匪兵甲:"干什么的?!你这是要去哪儿?"

丫头爹:"红军兄弟,俺是金家寨的,这是苏维埃区政府开的路条,俺要到新集找孩子去,在固店镇你们红军都同意了,俺可以去找的。俺就那一个儿啊!"

匪兵乙:"什么路条不路条的?老子要金条,你有吗?这前面在打仗,你知道吗?"

丫头爹不解地看着匪兵甲:"红军也要金条?可俺没有,不行这几块大洋给你们,给俺行个方便,俺只有这一个儿,没有儿俺还有什么活头?"

匪兵甲:"这几块大洋管什么用?!把你包袱里的东西给我们看看!"

丫头爹诧异地看着他们,兵匪乙抢过他的包袱。

这时,小马连长带着一队红军走过来。

小马连长对匪兵甲说:"嗨!这位同志,你们怎么能抢老百姓的东西？你们是哪个团的？"

大胡子带人从亭子方向走出来，看到小马连长说："你是哪个部队的？"

小马连长："我是红三十一师五营三连连长马国强，你是……"

大胡子："哦！我是红二十五军一师三团团长刘述义。兄弟你这是去哪里？有何公干？"

小马连长："报告刘团长，这两位同志抢百姓的东西，你要管管。"

大胡子团长走了过去，一人抽了一个耳光，大骂："你们是想关禁闭啊！"

小马连长看着大胡子，脸上露出疑惑的神情。

大胡子团长假惺惺地把包袱递向丫头爹："对不起老乡，我带兵无方。"转身向小马连长伸出手，"马连长，进亭子里喝口六安茶。"

小马连长跟着他向亭内走去，边走边说："你是团长，不能够打革命同志，我们红军不兴军阀作风，你这不对。"

大胡子哈哈大笑："不打不成材。兄弟，我下次一定注意，这不是看他们这不干人事，气得嘛！"

44.水亭码头　外　日

一红军战士对两个假红军说："你看你看，不是我说你们，你们这样对待老百姓是不对的！你给我说说,三大纪律八项注意这第二项注意是什么？"

两个假红军面面相觑。

一红军战士："是不拿群众一个红薯,这你都不知道？"

这时,副官从腰里抽出了匕首向红军战士靠近。

45.水亭码头　内　日

大胡子团长引着小马连长坐下："你们这是有何公干呀？"

小马连长呷了口茶水："我们是在撤退飞机……"

"哦？我们的飞机在哪里？"大胡子团长凑过身来。

小马连长警觉："你们在这干什么？"

大胡子团长满脸堆笑："我们……我们……"

门外枪响。

小马连长马上拔出枪。

大胡子团长惊诧地望向门外。

小马连长拔枪冲出门时,却被假红军开枪打死,倒在血泊里。

大胡子团长气急败坏地大骂："你们这群蠢猪,坏了老子的大事！"

46.水亭码头　外　日

数名红军战士已倒在血泊里。

丫头爹哆哆嗦嗦地躲在石阶下,不解地望着他们:"俺的娘咪!怎么红军也打红军?"

大胡子团长走过来,指着手下骂道:"这队人就是跟飞机有关的,你们打死了他们,这送上门的线索就断了。这枪声一响,会打草惊蛇的……你们这群蠢猪!"

丫头爹站起身来走近大胡子团长:"你们要找红军飞机,俺有办法!"

大胡子团长转过身正视丫头爹:"你有什么鸟办法?"

"只要找到俺的儿子,就能找到红军飞机呀!"丫头爹有点得意地说。

"哦?"大胡子团长面露喜色。

丫头爹指着小马连长等人的尸体:"他们这是怎么了?"

大胡子团长:"哦,这几个是逃兵,是红军的败类。对于逃兵我们要杀一儆百,不然的话我们怎么能打胜仗?你说是吧?"

丫头爹点头:"对!对!"

大胡子团长对副官说:"你立刻带人沿途追击,可能还有逃兵。"

副官心领神会:"是!"说着带着一队人走了。

47.山道　外　日

　　枪声传来,根子爹跳起:"不好！有情况！"

　　一满身是血的红军战士跑到根子爹身边倒下:"有敌人,连长他们全……"没说完就牺牲了。

　　根子爹把红军战士的眼皮抹下:"唉……俺看前面的路是不能走了,咱们要采取徐向前总指挥给咱们的第二套计划,分三路撤退,所有的鸡蛋不能放在一个篮子里。这样,飞机发动机最重要,由咱们金家寨的人涉水黑龙潭直奔白马尖,其他人向湖北英山和河南的回龙寺方向转移,你们看呢？"

　　两位红军战士相互看了一眼说:"好的,我们出发！"

　　根子爹向民工们一招手:"金家寨的人跟俺走啊。"

　　队伍开始分开,朝三个方向撤去。

48.山道　外　日

　　白匪副官带着一队伪装成红军的士兵追到山道上。

　　副官用树枝挑了挑新鲜的马粪,又看了看蹄印,最后他认定了一个方向:"我们沿着这条路追！"

　　众兵匪向山道上追去,这条道正是根子爹带队去的方向。

49.水亭码头旁　外　日

枪声。

众少年隐藏在山岗后,看着水亭码头方向。

铁锁紧张地说:"不好,白匪过来了!"

栓柱打了铁锁一下:"不可能!"

根子没有吱声,眼睛注视着码头。

丫头挤了过来,指着码头上的大胡子团长和他爹说:"什么白匪,那是红军,还有俺爹呢!咱们把油送给红军,俺就跟俺爹回家去,不受你们的气了,哼!"说完打着手势带着哑巴就冲了出去。

发财伸手去拉丫头,丫头把发财的手推开,走出树丛。

丫头和哑巴向桥上走去。

根子:"你们别动,等一会儿,看看再说。"

50.水亭码头　外　日

大胡子团长对手下说:"把这几个红军叛徒、逃兵的尸体扔到河里去。"

匪兵们抬起红军尸体。

小马连长的铜头玉嘴烟袋掉了下来,匪兵甲拾起来看了看,把铜头玉嘴烟袋插到腰上。

丫头和哑巴跑过来。

匪兵甲呵斥:"站住,小兔崽子干什么的?"

丫头:"红军叔叔,咱们是给红军飞机送油的。"

"滚蛋!"假红军骂道。

"别、别,这是俺儿,别、别……"丫头爹赶忙跑过来。

大胡子团长向匪兵甲挥了挥手。

丫头:"爹,你怎么来了?"

丫头爹责怪:"你这个小祖宗,这兵荒马乱的瞎跑什么?快跟我回家去。"

丫头拧着脖子:"不!俺要给红军飞机送油去!"

大胡子团长笑:"还是小孩的觉悟高。小同志,你这油是给红军飞机送的?送到哪里去啊?"

丫头骄傲地挺挺胸:"对呀!送到新集去,送到红军飞机场。"

"可我们已经撤下来了,你这油能往哪送啊?"匪兵甲在一旁说。

丫头:"咱们一定能送到,根子爹在搬运飞机,根子爹在,飞机就肯定在。"

"哦!"大胡子露出了奸笑,"哈哈哈哈……"

匪兵甲:"你能找到根子爹吗?"

丫头有点得意:"根子能找到,根子家的黑狗'牛犊'能找到。"

大胡子团长探过身来:"你说的根子,他在哪里?"

丫头回身用手指了指栈桥那边的小山坡:"就在那边!"

146

"好!"大胡子一击掌,转身向匪兵甲一挥手,"快去把小同志们找来。"

51.黑龙潭　外　日

根子爹指着一群扛着门板来的群众对红军战士说:"多亏了他们呀,没有这些门板就扎不了筏子。"

红军战士握着一位农民的手说:"谢谢你们了!"

一扛门板的农民说:"这都是为了红色苏维埃政权,咱们这是应该的。"

根子爹一挥手:"好!咱们快扎筏子!"

大伙儿一起忙碌起来。

根子爹和红军战士等一起把飞机发动机用油布包裹好,放在筏子上。

根子爹率先下河,推着筏子走去。

一红军战士对根子爹说:"你一定要把它保护好,这是飞机的心脏!"

忽地,岸上追来一队伪装成红军的国民党士兵,向民工开枪射击。

一红军战士:"还是给白狗子咬上了! 同志们,准备战斗!"

红军战士们阻击冲过来的国民党士兵。

一红军战士对根子爹说:"你们快过河,要确保飞机无闪失!"

数名红军战士在激战中牺牲。

根子爹和数名民工在水中把装有飞机发动机的竹筏向对岸推去。

又有几个民工中弹倒下。

根子爹喊着:"大伙快,快点!"

一红军战士喊着:"一定要把飞机运到大别山。"一排子弹打过来,他前胸中弹倒下去。

根子爹看着牺牲的红军,痛苦地一挥手:"快!快!"

根子爹和数名民工泅水,把装有飞机发动机的竹筏推到对岸。

副官站在河边看着滔滔河水,指挥士兵:"下水渡河给老子追!"

数名国民党士兵犹豫一下,跳下水去。

52.水亭码头　内　日

根子等众少年被伪装成红军的国军士兵请到亭内。

大胡子团长:"佩服呀佩服!你们觉悟真高,自古英雄出少年呀!照说这送油就到这里吧,我可以代表红军收下了。只是,红军飞机已经转移了,要找到他们却很难……这位小同志,听说只要找到你爹,就能找到飞机,是真的吗?"

根子牵过黑狗:"是啊!这是俺家的黑狗'牛犊',它可神奇了,它会找到的!"

"好！好！好！"大胡子团长摸了摸黑狗的头，黑狗冲他吼了两声。

根子忙拉过来："它认生！"

大胡子团长："好！我看这样吧，我亲自带人陪你们一起上山，帮助你们找，可以吗？也表达下我们红军对你爹他们的感谢！"

根子他们喜出望外："那好啊！谢谢红军叔叔。"

"一家人不说两家话。"大胡子团长打着哈哈，向匪兵甲使了个眼色。

匪兵甲会心地笑了笑。

"那我们这就走！"大胡子抚了一下发财的头发，"你也跟我们走吗？"

发财把他的手推开，没理他。

丫头："咱们还没吃饭呢！"

发财："你就知道吃！"

大胡子团长拍了一下自己的额头："看我，看我，怎么忘了这大事，吃饭吃饭！"

发财忽地大叫起来："啊！"钻到丫头怀里，众人惊。

发财用手指着墙角："老鼠，老鼠。"大胡子团长见到，掏出匕首，"嗖"地扔过去，老鼠被钉在墙板上，大伙皆笑了起来。

53.水亭码头　外　日

　　江水、码头、夕阳。

54.水亭码头　内　日

　　根子对大胡子团长说："红军叔叔,我们走吧!"

　　大胡子团长对一士兵下令："好!集合出发!"

　　士兵跑出门列队。

　　丫头、发财和哑巴站起,准备随他们走。

　　丫头爹拦着他们仨："你们仨不能走……你们给我回家!"

　　丫头："爹,你就让我们去吧。"

　　丫头和发财躲闪着要走。

　　丫头爹掏出一包药："这是咱们廖家独制的毒药五步倒,你们仨要走,俺立马不活了,当场死给你们看!"

　　丫头等三人一时不知所措。

　　根子扬扬手："你们先回去吧!你们这次表现很好,可以申请加入童子团了……回来后俺就向学校报告,让你们参加童子团。"

　　丫头惊喜："真的?"

　　"真的!俺是团长,说话算数!"根子应道。

　　发财脸上露出笑容。

丫头跳起来欢呼："俺是童子团的人了，爹，我也在红了。"

丫头爹："好，好，俺儿有出息了。"

根子等人带着大胡子团长的队伍走向亭外。

丫头望着亭外那支队伍隐没在山林里。

发财看向哑巴肩上的一桶油，大叫了一声："坏事了！还有一桶油在咱们这儿。"

哑巴方觉，呀呀地打着手语。

丫头三人想追出门去，丫头爹用身体拦住了他们的去路。

55.天堂寨凹岙沟前　外　日

远处稀疏的枪声。

根子爹对数名民工说："诸位老哥们，这几天咱们怎么也甩不掉白匪的跟踪追击，现在咱们只能把发动机埋了，等敌人退了之后，咱们再来取！"

众人点头。

"俺决定进凹岙沟，那里是无人能进的原始森林，那里也是最安全的！"根子爹说。

一民工："这凹岙沟十里地是野人都不敢进的，听说有瘴气，人一进去就迷路，八成都出不来的。"

"这俺知道，所以，是党员的站出来，这次进凹岙沟是党员们进。"根子爹说。

四位党员站了出来。

根子爹:"好!咱们走。其他人分头行动,朝不同方向撤,扰乱敌人的视线,暂时都不要回家,直接去找红军,或者三天后到金家寨的水磨坊见。如被白匪抓到,一定不要泄密。你们能做到吗?"

众人答:"是!一定保守秘密!"

根子爹把自己的外衣脱下来给一位民工披上,说:"老杜,你生病了,把这穿上。"回过头对四位党员说,"我们走。"

根子爹说完,领着四个人,抬起装飞机发动机的木箱,向山沟艰难地走去。

山雾起,他们的身影被雾气笼罩……

56.青山树林　外　日

根子、铁锁、栓柱一行人和黑狗在前探路。

忽然,栓柱"啊"地大叫一声,众人惊。

一条蛇咬了栓柱,黑狗"牛犊"扑上前咬住了蛇。

栓柱倒下,大胡子团长赶紧跑来,用刺刀把栓柱的伤口迅速划破,挤出黑色血,并用嘴一口口地吸着血,吐着脏血。

栓柱昏迷过去,大胡子团长的嘴唇肿了起来。

根子、铁锁扶着栓柱。

大胡子团长口齿不清地说:"没事了,让医务员给包扎下就好了。"

根子感激地说:"谢谢红军叔叔。"

大胡子团长对士兵说:"把他扶到我的马上去。"

根子和铁锁相互看了一眼,转头对黑狗说:"我们快赶路,别误了红军叔叔的事。"

他们朝山道上跑去。

大胡子团长得意地笑了笑。

57.鹞落坪　外　日

黑狗叼来一件衣服,是根子爹的。

不远处,几位民工倒在血泊里。

斜眼兵团老总见到"红军"来了,赶忙带着兵团的人撤退。大胡子团长命令手下:"给我狠狠地打这群土匪。"自己率先掏枪打起来,众人射击。

"这是俺爹的,俺爹他们肯定在这里。"根子对大胡子团长说。

大胡子团长站在坪上,望向前方的群山,有些失望。

根子向大山喊:"爹！爹呀!"

铁锁也在喊:"爹!"

山谷回声。

在马上的栓柱张张嘴没有喊出声,眼泪在眼眶里转着。

大胡子团长抚摸一下栓柱的头。

58.青山山道　外　日

　　匪兵甲用军帽扇着汗:"这天能热死牛了！我说这还要走多少路？都快走两天了。"

　　根子回头瞧了他一眼,不吱声。

　　匪兵甲走过来,根子看见匪兵甲腰里插的玉嘴烟袋,问道:"红军叔叔,这烟袋你是从哪里得来的?"

　　匪兵甲:"哦,这是老子的战利品,这玉是老玉,值钱！"

　　"这像是你爹的！"铁锁在旁说话。

　　根子点了点头。

　　匪兵甲:"是你爹的！那就惨了,他让老子给毙了。"

　　根子急问:"什么？你把俺爹给毙了。"

　　匪兵甲坏笑:"我毙了个红军逃兵……那小子绝不可能是你爹,也就比你大不了两三岁,怎么可能是你爹?"

　　根子:"可这烟袋是俺爹的,俺识得！"

　　匪兵甲凶狠地骂:"滚蛋！你还想讹老子不成?"

　　根子和铁锁、栓柱面面相觑。

　　大胡子团长斥道:"怎么和小同志说话的?"

　　匪兵甲:"是！团……首长！"

59.刘家镇王记客栈　内　夜

丫头没睡觉,坐在床沿。

发财也没睡,在叠纸飞机。

门外传来丫头爹的说话声:"吹灯喽,快睡,明天还得赶路回家呢!"

发财"哎"了一声,吹熄油灯。

黑暗里,发财悄声说:"俺要去追根子他们,你不许和爹说。"

丫头:"可他们都走大半天了,怎么赶得上?!"

发财:"反正俺不管,俺就是要送油去!"

丫头为难:"这深更半夜的……"

发财把辫子一甩:"你就那么大的出息,可像个老爷们?你都是入团在红的人,不得为革命做点事?"

丫头一举手:"好!好!俺说不过你,俺陪你去成了吧!"

发财:"真的?"

丫头:"不是蒸的,还是煮的?"

发财惊喜,在丫头脸上亲了一口。

丫头大惊,捂住脸,傻傻的。

60.刘家镇王记客栈　外　夜

一弯新月,月照街巷。

发财、丫头他俩从窗子跳出,却被一人影拦住了去路。

丫头紧张看去,是哑巴:"啊,哑巴。"

哑巴用手指示意噤声,背上那个铁油桶,拉着他俩就跑去。

长巷里,三个奔跑的孩子。

61.青山岭　外　夜

宿营地,篝火旁。

大胡子在用刺刀剃着胡须。

匪兵甲在用饭盒盛饭吃,一头目对匪兵甲说:"去,把那些小孩带来的油拿过来,炒个油炒饭吃。"

匪兵甲应声走过去,拎起油葫芦。

铁锁、栓柱和匪兵甲抢油葫芦,扭打在一起。

根子大喝:"这是咱们给飞机的油,谁都不能动。"

匪兵甲拔出手枪威胁道:"老子毙了你!"

根子:"枪毙俺,俺也不给!"

"呼呼"枪声响起。

大胡子朝天空开了两枪,恶狠狠地走过来,朝匪兵甲踢了一脚:"怎么能吃给飞机的油呢?"

匪兵甲:"可飞机用的是航空煤油,这香油是人吃的啊。"

大胡子团长:"你懂个屁,滚!"然后弯下腰对根子说,"误会,误会,你们放心,我绝不会让他们动你们的油……"同时把两盒罐头递给根子,"来,来,吃外国罐头。"

铁锁:"咦?你们红军怎么有外国罐头?"

"哦,是我们获得的战利品。"大胡子团长说。

"战利品?"根子若有所思地说了一句。

铁锁悄声对根子说:"俺一定要把你爹的烟袋偷来。"

根子会心地看了铁锁一眼。

62.山神庙　内　夜

大胡子团长等伪装成红军的国民党军酣然入睡,鼾声一片。

根子、铁锁、栓柱睡在一起,根子搂着黑狗。

根子小声对铁锁说:"俺怎么看他们都不是红军……没一点像!"

"我看也不像。"铁锁答道。

栓柱说:"大胡子红军还亲自给我吸蛇毒,怎么不像?你们是小心眼。"

根子:"咱们从现在起一定要注意了。"

匪兵甲在那边骂道:"谁还在那里嚼舌头?当心老子把他的舌

头割下来喂狗！"

铁锁悄悄爬到匪兵甲身边，蹑手蹑脚地，打开匪兵甲的行军包，却发现了国民党的军服，他惊呆了。他迅速爬回来在根子耳边悄声说着，根子目光炯炯。

他仨停住说话，栓柱翻身睡去。

根子望着窗外的月亮（画外音）："爹，你们在哪里呀？赤光叔，你们在哪里呀？列宁号，咱们的宝贝飞机，你在哪里呀？……"

63.天堂寨凹盇沟　　外　　日

一民工摇摇晃晃倒在地上。

另一民工上前试一试他的鼻息："唉，咱们已经有两个人在这凹盇沟中瘴气牺牲了。"

根子爹："是啊……大牛，咱们就把发动机埋在这里吧，快挖坑吧！"

大牛点点头，跟着根子爹开始挖坑。

一组镜头：

月照凹盇沟。

根子爹和大牛挖出一个坑。

中瘴气牺牲的两名民工。

根子爹和大牛把飞机发动机木箱放进坑里。

坟垒起，根子爹拿出罗盘在测量方位。

根子爹对大牛说:"大牛,我们一定要记下这经纬度,下次才能找到它!"

大牛望着根子爹点了点头。

64.三岔道　外　晨

根子牵着黑狗朝一条山道走,黑狗犟着要朝另一条道上走。

根子紧紧地攥着绳子喊:"'牛犊'!'牛犊'听话!"

大胡子团长躺在一个滑竿上微睡着,听到狗叫声,睁开了眼:"小同志,让狗带路。"

根子无奈,踢了狗一脚。

栓柱责备根子:"你别踢它,它救过我的命。"

黑狗委屈地叫了几声,朝前跑去。

大胡子团长悄声对匪兵甲:"注意,这群小子可能识破了我们的身份,多提防着,防止他们捣鬼。"

匪兵甲点点头。

65.土地庙　内　夜

根子等和伪装成红军的国民党士兵在夜宿。

根子悄声对铁锁说:"你把'牛犊'悄悄地送走,它在这里,会出大事。"

铁锁点点头,牵着黑狗出去。

匪兵甲看到栓柱,问:"干啥去?"

铁锁:"上茅房!"

匪兵甲骂道:"懒驴上磨屎尿多。"

栓柱跑过来举着穿在一起的石蛙说:"长官,俺逮的石鸡,可好吃了。走,俺烧给你吃!"

匪兵甲眉开眼笑:"好!好!你小子有良心。"

根子望着铁锁牵着黑狗走远。

66.土地庙　内　晨

根子等和伪装成红军的国民党士兵醒来。

铁锁:"不好了!咱们的狗不见了,一准是给野狼吃了。"

大胡子团长生疑:"是不是你们把狗藏起来了?"

匪兵甲:"昨天晚上,我看到你带狗去墙外茅房,你把狗带到哪去了?"说着一把揪住铁锁的衣领,打了铁锁一耳光。

铁锁怒视匪兵甲。

根子:"你们红军怎么能打人?"

栓柱:"你们不能打人!"

大胡子团长一拳打倒栓柱,骂:"打人?!狗找不到,你们几个都得死!给老子捆起来。"

国民党士兵上前捆绑起根子等人。

栓柱仰着脸。

67.木桥下　外　日

黑狗咬断了绳索向山道上奔来。

68.土地庙　内　日

匪兵甲举起马鞭准备抽打根子时,黑狗跑进,凌空一跃,咬了一口匪兵甲的手。

匪兵甲大叫着准备掏出枪。

大胡子团长制止:"别犯浑,杀了黑狗,老子杀了你!"

匪兵甲:"我……我……"

大胡子走到根子等人面前:"误解你们了,小同志,抱歉,抱歉啦!狗回来就好!"

根子没理睬大胡子团长,一把抱起黑狗。

根子与黑狗四目相对,似乎在交流着复杂的感情。

栓柱目光里一片迷茫。

69.青山山道上　外　日

铁锁口含树叶吹着小曲。

根子听出了铁锁的树叶吹出来的信号,也摘了一片叶子含在嘴里吹。

栓柱也含了树叶吹起来。

根子吹树叶声(字幕):他们是白匪,咱们不能给他们带路!俺得把黑狗杀了,你俩要趁机逃跑。

铁锁吹树叶声(字幕):咱们一起走,"牛犊"不能杀。

栓柱吹树叶声(字幕):要走一起走。

众士兵听得很惬意。

大胡子团长睁开了眼睛:"吵死人了,瞎吹啥!"

根子等不得不停止吹树叶,只好一边走一边打着手语。

根子手语(字幕):栓柱、铁锁,你俩一定要听从俺的指挥,俺是童子团团长!

铁锁和栓柱手语(字幕):好的!咱们听你的。

一行人走在山道上。

70.青山瀑布前　外　日

假冒红军的国民党士兵在瀑布下洗澡。

大胡子团长让匪兵甲用匕首给自己剃胡须,士兵们在水里游泳。

根子把黑狗抱在怀里,在瀑布水潭里冲洗着,梳理着毛发,流着眼泪喃喃:"'牛犊'啊'牛犊',俺真舍不得你啊。"

栓柱劝:"俺去把'牛犊'再送走一次,别杀它。它救过俺的命。"

根子摇摇头:"不行!这样下去会坏大事的。"

栓柱痛苦地叫了声:"'牛犊'……"

"牛犊"看着他们,快活地摇着头,水珠溅起。

根子突然闭上眼睛,把黑狗"牛犊"的头按在水里。

水花四溅,水中的黑狗露出惊诧、无望、失神的眼神。

根子泪流满面。

黑狗死了,根子手一松,黑狗顺水流下山涧。

一士兵看见流走的黑狗,喊:"不好了,不好了!小兔崽子把狗淹死了!"

大胡子团长大惊,回头时,匕首把他的脸颊划破了。他一挥手打了匪兵甲一耳光,并大叫了一声:"快给老子把他们逮起来!"

数名国民党士兵把根子等人围起来。

大胡子团长上前打了根子几个耳光:"你胆子真大,老子毙了你!"

根子瞪着大胡子团长:"哼!俺早就知道你们是白狗子假冒的!"

大胡子团长用手枪抵着根子的头。

匪兵甲走过来:"团座,只要这几个小崽子在我们手里,不愁他们爹不来救他们。"

大胡子团长用手枪柄猛击一下根子。

根子栽倒在水里,额头流出来鲜血,染红了溪水……

铁锁把油倒在白匪的弹药箱上,并点燃大火。爆炸声起。

大胡子团长惊恐地喊:"快把这几个小'共匪'抓起来!"

爆炸在继续。

匪兵甲:"团座!我们的弹药全完了,追红军可能不行了。"

大胡子站起身来:"先撤到金家寨,速向分师部汇报,请求增援。"

"是!"

71.老虎嘴　外　日

大胡子团长等人已经换回了国民党军装,押着三人向前走去。

大胡子团长吩咐:"兄弟们,注意警戒,这里危险!"

栓柱突然从一匪兵手中挣开,拿出弹弓向崖壁上的野蜂巢射击,被激怒的野蜂飞了过来。

众国民党士兵被蜂子追得乱成一团。

栓柱抬脚踢倒前面一个匪兵,又撞倒后面的一个匪兵,大喊:"根子、铁锁你们快跑!"

一匪兵拔出手枪向栓柱射击。

栓柱中枪,抱着一匪兵纵身跳下悬崖,高喊着:"爹,俺来了!"

根子和铁锁被匪兵押着,回头向着悬崖处喊:"栓柱,栓柱!"

大胡子团长惊呆:"捆,把他们给老子捆住!"

蜂子把众匪兵蜇得四处奔跑,数个白匪兵坠崖。

大胡子团长满脸被蜇得红肿起来:"撤!快撤!"

大胡子团长骑马跑远,一群匪兵押着根子、铁锁跟着走去。

山雾升上来,白茫茫的。

半空中,一只山鹰飞过。

72.官坳岭　外　日

山野青碧,风吹草动。

根子爹和民工大牛蹲在岩石下商量着什么。

民工大牛:"咱们该去找红军大部队。"

根子爹用一张纸卷起烟抽了起来,过了一会儿才说:"俺的任务是带领赤卫队坚持在大别山打游击。你要去也行,你去告诉红军首长,咱们的飞机埋在凹呑沟里。"

"好的。"民工大牛应声。

一队伪装成红军的国民党士兵悄悄围了过来。

一只山鸡被惊飞,一匪兵紧张得枪走火,砰地枪响。

根子爹警觉地看向前方,拔出手枪:"不好!咱们又被白狗子盯上了!大牛,你快撤!我掩护你!"

民工大牛:"来不及了!他们把这里围实了!"说着拿起步枪回击。

众匪兵齐射击。

副官急忙喊:"抓活的!别开枪!"

众匪兵停止射击,慢慢地围拢过来。

民工大牛中枪。

根子爹喊:"大牛!大牛!"

"我家铁锁就托给你了!"民工大牛说完就闭上了眼睛。

根子爹痛呼:"大牛!"

副官朝根子爹喊话:"那边的,你们跑不了啦,出来投降吧。"

根子爹没有理睬他,靠在石头边又卷起烟来。

副官又喊:"只要你说出飞机下落,我保证你能得到黄金奖赏!"

根子爹朝喊话处打了一枪:"老子这里还有手榴弹,给你们预备着,大不了同归于尽,谁也别想得到飞机的秘密。"

副官连忙喊:"别,别,有话好商量,有话好商量!"

根子爹抬头看天(画外音):"俺不能死,俺死了,红军的飞机就找不到了。俺得和他们周旋到晚上再突围出去!"

根子爹扔掉烟:"你说说看,能给俺多少黄金?"

副官喜出望外:"我们保证给你二两黄金。"

根子爹讥笑:"一架飞机就二两黄金,你糊弄咱们乡下人不识数呀?俺说呀,这四两棉花——免弹(谈)!"

副官急忙说:"这个,好说,好说。"

73.山道上　外　傍晚

丫头、发财和哑巴三人走在山道上。

丫头埋怨:"咱们这是向哪里去? 没有目标地乱走。"

发财生气:"你怕累就自己回去,谁也没求你来!"

忽地枪声远远传来。

发财侧耳倾听:"有情况,那儿有枪声,打仗的地方肯定有红军,根子他们肯定在那里,咱们走!"

丫头有点害怕,咕哝:"那是在打仗呀!"

"胆小如鼠,还是当家爷们吗? 还想不想当童子团团员了?"发财转身朝枪声处跑去。

丫头只得跟去,哑巴跟着丫头跑着。

74.官坳岭　外　傍晚

远处,众国民党士兵围着根子爹。

副官口干舌燥地在喊话,根子爹在有一搭没一搭地回话。

发财等人悄悄潜入,在草丛中警惕地看向前面。

一匪兵对副官说:"副官,别跟他磨蹭了,我们冲过去把他抓起来算了,这天一黑可就不好办了,如果再来红军就更麻烦!"

副官:"你以为我不知道吗? 可团座要我们抓活的。"

发财和丫头商量:"咱们一定要救根子爹!"

丫头摊摊两手:"怎么救?咱们没有枪。"

发财的目光落在哑巴的油桶上:"有了,咱们放火!"

"放火?"丫头不解地问。

发财向哑巴打起了手势哑语,哑巴点点头。

发财:"少爷,你们负责点火,俺进去通知根子爹。"

丫头:"那太危险,俺不让你去。"

"你不让俺去,你去呀?"发财冲了他一句。

丫头挺了挺胸:"俺去就俺去!"说完转身向草地爬去。

发财低声喊:"少爷小心!"

丫头回过头骂了句:"叫俺啥?"

发财张张嘴没说出口,半晌轻声叫:"当家爷们!"

丫头脸上露出笑容。

岩石后,根子爹听到草丛里有声音,准备开枪。

丫头探出头来急忙喊:"大伯,是俺。"

见是丫头,根子爹问:"你怎么了?"

丫头得意:"咱们来救你来了。"

"啥?"根子爹不解。

丫头在根子爹耳边说着什么……

忽地,岭上火光四起。

副官大喊:"快救火!快冲过去抓人!"

一群国民党士兵围向发财。

哑巴抱着燃烧着的油桶向众国民党士兵冲去,嘴里喊着什么。

油桶爆炸,火光吞没了哑巴。

发财大叫:"哑巴哥!"

根子爹带着丫头跑了过去,牵过发财的手,三人跑进了森林。

副官跌坐在地上:"完了,一切都完了,还是让老小子跑了!"

75.废弃的守林小屋　外　日

丫头和发财望着远山的火光,哭着。

根子爹凝重的表情:"孩子们,别难受了,哑巴是好样的,咱们流血不流泪,要坚强起来!"

发财:"血债要用血来还!"

丫头咬着牙:"俺一定要给哑巴哥报仇,给俺娘报仇!"

根子爹望着丫头、发财:"嗯? 你们怎么来了?"

丫头:"咱们是来送油的。"

根子爹:"送油?"

发财:"给红军飞机列宁号送油的,根子他们也来送油了,他们让'牛犊'识路来找你们的,还有红军啊。"

根子爹:"红军? 就是从水亭码头方向来的那伙红军?"

丫头说:"对!"

根子爹一拍大腿:"怪不得咱们总是被跟踪……坏事了,坏大事了!"

76.金家寨县公所　内　日

　　大胡子团长坐在太师椅上,他的胡子又长得和第一次出场时一样。副官进。

　　副官:"报告团座,我们没抓到活'赤匪',不过打死了不少'顽匪',飞机没找到……"

　　大胡子团长:"笨蛋……看到没?老子一出手就抓住了几个红小鬼,并将钓出大鱼来。"

　　副官:"团座高明!"

　　大胡子团长:"去!把那两个小兔崽子绑到门前柱子上,暴晒三日,去派人四处张贴布告,让两个小兔崽子的家人来领人,还要悬赏飞机下落的知情者。"

　　副官应声:"是!"

　　大胡子团长满脸红肿,对马弁说:"去镇上找郎中来给老子医治一下,快!疼死老子了。"

　　马弁应声走去。

　　大胡子团长躺在躺椅上,满脸的痛苦。

77.金家寨公所门前　外　日

　　旗杆下绑着根子、铁锁。

七月的烈日,晒得他俩头晕欲昏,嘴唇干裂。

不远处,铁锁的奶奶拎着一壶水跪在警戒线外哭泣。

大胡子坐在屋檐下的躺椅上,喝着茶,旁边还有一个女人在为他扇着扇子。

不少街民在围观。

78.廖家药铺　内　日

马弁走进,看了一眼丫头爹:"哟,这不是廖东家吗?"

"先生,你是……"丫头爹扶了扶老花镜,凑过身来问。

"怎么,不认识了?前天在水亭码头,我们还在一起找过红军的。你儿子呢?"马弁用军帽扇着风。

丫头爹不解:"你、你们不是红军吗?怎么又变成国民党的人了?"

马弁:"你别闹那么清楚,这世道不是你能闹清楚的。走吧,收拾收拾给我们团长看病去。"

"啊!看什么病?"丫头爹问。

"你看!这是给蜂子蜇了。"马弁伸出双手臂,满臂肿包,"若不是我抱头跑得快,我这头就成猪头了。"

"这蜂蜇的好治!"丫头爹说。

马弁惊喜:"你先给我治。"

丫头爹伸出手:"要银圆!有金条更好!"

"啪！"马弁给丫头爹一记耳光："给脸不要脸，信不信老子把你毙了？"

丫头爹捂着脸："老总，俺治，俺治还不成吗？"

"走！你这个老财迷！"马弁用枪指着丫头爹走向门外。

79.金家寨小巷　外　日

小巷里，马弁骑着驴，丫头爹拎着药箱跟着。

住户纷纷关门关窗。

马弁得意扬扬，丫头爹垂头丧气。

80.金家寨公所大厅　内　日

马弁领着丫头爹走进来。

"报告团座！郎中我给你带来了。"马弁说，"还是我们的老相识呢。"

大胡子团长睁开眼打量一下丫头爹："噢！原来是你这个通红联共的老杂毛。老子没毙了你，你自己送上门了，哈哈！"

丫头爹吓得赶紧下跪："求老总长官饶命，俺没有通红，俺家六代行医，从来只是救死扶伤，不涉政务。请老总明鉴呀！"

大胡子团长站起身来走过去，踢了丫头爹一脚："你六代行医？那我被蜂蜇你能治好吗？"

"能！能！这是蜂毒入肌，用上俺家的四散解毒丸，一天消肿，两天准好。不信，你杀了俺。"

"好！你现在就给我们治，治不好可别怪老子手黑。"大胡子团长说完就躺在躺椅上。

丫头爹战战兢兢地拎着药箱站起来。

马弁："你可要认真医治，你知道他是谁吗？"

丫头爹诺诺："他是……他是……"

马弁："他是国军八十三师一团团长刘述义！说出来吓死你！"

"刘大团长！"丫头爹复述一遍。

大胡子团长骂："还磨蹭什么？快上手！"

丫头爹："这就治，这就治。"

81.金家寨水磨坊　内　夜

一豆灯光。

根子爹看着身边的一群赤卫队员，沉重地说："这次咱们为了搬运飞机去了五十八人，现在回来的只有四十五人了。但咱们光荣地完成了红军交给的任务……咱们金家寨没孬种……还有咱们的孩子们！"说完摸了摸丫头的头。

丫头一脸兴奋。

水磨坊门被推开了，一赤卫队员领进两位妇女。

铁锁奶奶一把抓住根子爹问："我家大牛呢？我家大牛呢？"

根子爹默默抽烟:"大牛……为了革命牺牲了。"

铁锁奶奶大叫一声:"啊!我苦命的……"仰头晕了过去,众人赶忙把她扶起。

根子娘掐铁锁奶奶人中,苏醒后的铁锁奶奶疯了般地推开众人向门外跑:"大牛!俺儿啊!铁锁!俺的孙啊——"

根子爹招呼赤卫队员:"快去保护她。"几位赤卫队员下。

根子娘拿出布告:"白狗子把根子抓起来了,你们快去救他啊!"

油灯光下,根子爹在思考,根子娘在抽泣。

根子爹向众人说:"俺答应过大牛要保护好他家铁锁,人不能背信弃义、失言失信,共产党人更不能失信于人……嗯,老杜,你带人今晚就去金刚台,这里不安全了,留几个人跟我趁夜潜回镇上,见机行事。"

一农会会员:"现在去镇上不安全。"

根子爹:"越危险的地方越安全,他们一定不会想到俺会回来。"

根子娘含泪点点头。

根子爹看向发财、丫头:"你俩和我一起回镇上。"

发财、丫头:"好吧!"

82.金家寨公所　内　日

马弁带着丫头爹走进,马弁喊了声"报告"。

大胡子团长正在用镜子照消肿的脸,满意地笑起来:"进来!"随即站起来,用拳头捶了捶丫头爹的前胸,"你老小子有两下子,有两下子!"

丫头爹趔趄一下,苦笑。

马弁:"团座,他要回家研药配药,还有不少兄弟没药治。"

大胡子团长:"你让你儿子、媳妇送来就是了,回家干啥?"

丫头爹低头答:"他俩不在家!"

大胡子团长黑着脸:"怎么?又去找红军了?"

丫头爹:"不是!不是!……他俩刚成亲,回娘家去了。"

大胡子团长:"料你们这会儿也不敢投红军,只是一口鲜桃便宜了那傻小子。你回去可以,这驴给我留下。快去快回!"

"是!是!"丫头爹应声向门外走去。

副官走进:"团座,这几天弟兄们吃不好,肚子没油水,朝我发怨气了。今天要不要上街买头猪杀了,犒劳犒劳兄弟们?"

大胡子团长捋着胡子嘿嘿笑:"是该犒劳一下,不过不用上街买,这院里不就有吗?天上的龙肉,地上的驴肉。"

副官高兴得连声说好,走出去。

83.后院牲口棚 外 日

丫头爹在喂驴,自言自语:"多吃点,俺马上就回来。明天俺把那群畜生医好,就牵你回家。"说着拍拍毛驴,走出棚子。

副官带几个白匪走过来。

副官对丫头爹说:"还喂它干吗?这就要杀了!"

丫头爹张开双臂拦着副官等人:"杀驴?为啥呀?"

副官一掌把丫头爹推倒在地,用刺刀抵着他的心窝:"你识相一点,给老子快滚,不然连你一起杀了。"

丫头爹狼狈地爬起来,跌跌撞撞地跑出去,身后传来一阵大笑。

丫头爹跑着,突然一阵驴叫声戛然而止,丫头爹停下步子,仰面对天空骂道:"你狗日的不得好死!"

84.金家寨公所对面油坊 内 夜

月照长街,影影绰绰。

根子爹和丫头爹等人在商量着什么。

透过窗户,可以看到旗杆下被绑着的根子和铁锁。

几个哨兵在巡逻。

根子爹对众人说:"现在不能强攻,咱们赤卫队只有几支枪、几个梭镖,只能智取。大家都想想办法。"

众人沉默思考。

丫头转了转眼珠,计上心来:"大伯,俺有个办法。俺到公所里投下俺廖家的独门毒药——五步倒,只要把兵匪们毒倒,咱们就可以去救人!"

根子爹思忖片刻说:"这个办法好是好,可怎么混进去投毒呢?"

丫头:"公所后院有个下水洞,俺能钻进去。"

根子爹:"你一个孩子进去有危险。"

丫头:"但你们大人钻不了。"

发财:"大伯放心,俺陪少爷进去。"

丫头:"你不能去。"

发财:"俺一定要去!"

丫头:"你傻呀!"

发财:"俺不傻,俺男人去哪,俺就得跟到哪!"

根子爹:"这计划太危险,不行,我们再商量。"

丫头爹一脸紧张。

发财拉了拉丫头的衣角,丫头会意地随她出门。

发财:"他们肯定不同意我们去投药,我俩现在就去!"

丫头:"媳……媳……"

发财:"怎么？又怕了?"

丫头:"没有!"

发财笑了,摘下包袱,拿出纸叠的飞机:"奖你的!"

丫头接过来笑了起来,把飞机向天空掷去,纸飞机飞在夜空里。

85.金家寨公所后院厨房　内　夜

丫头、发财溜进了厨房,掀开大锅盖,只见锅里正煮着一锅肉。

两人交换了一下眼神。

发财从怀里掏出一个小瓶来,拧开瓶盖,向锅里倒药。

丫头低斥:"毒死这些白狗子!"

86.金家寨公所后院厕所　内　夜

马弁和匪兵甲正站着撒尿,马弁哼着小曲。

匪兵甲鼻子吸了吸。

马弁笑:"三狗子,喊你狗,你真是狗,这里有什么好嗅的?"

匪兵甲又吸了吸:"不对!是驴肉!"说着拎着裤子向外走。

马弁也嗅到嗅,跟了出去。

两人走到门口,看看厨房的灯光,会意地向厨房走去。

87.金家寨公所厨房　外　夜

　　厨房门前,马弁和匪兵甲向厨房走来,与刚出门的丫头、发财撞上。

　　发财喊:"丫头快跑!"

　　丫头赶忙向墙角跑去。

　　马弁和匪兵甲一怔,赶忙拔枪,喊:"来人呀!抓红小鬼!"

　　发财追上,一把将丫头推进洞口,用身体堵着洞口。

　　洞内传来丫头的喊声:"发财,发财!"

　　发财:"叫我媳妇!"

　　枪声响。

　　洞内传来丫头的大叫声:"媳妇!媳妇!"

88.金家寨公所审讯室　内　夜

　　发财被捆绑在柱子上,她的肩胛有伤口,在流着血。

　　大胡子团长阴沉着脸走过来,凶狠的目光盯着发财:"你去厨房干什么了?从实招来!"

　　发财不吱声,怒视。

　　大胡子团长狰狞的表情:"你不说,老子有办法让你开口。"说完用手里的马鞭指下匪兵甲,"去逮几只老鼠来。"

发财惊恐的眼神。

89.金家寨石拱桥下　内　夜

丫头爹和根子爹等人在焦急地等待,四处张望。

丫头跑过来:"不好了,发财被白狗抓住了!"

丫头爹:"啊!这怎么好呀!这怎么好呀!你们是去投药了?"

丫头点点头:"药放了,出来时遇上白狗子了。"

根子爹:"哎,你们怎么擅自行动?这个计划不行。发财有个闪失怎么办?"

丫头:"行的行的!发财她绝不会说出放药的秘密的。"

根子爹和丫头爹表情凝重。

丫头低头哭泣着:"发财,俺的媳妇呀!"

丫头爹抱着丫头:"苦命的发财啊!"

根子爹对丫头爹说:"你们在镇上是不能待了,立即进山吧,去找红军……咱们会想办法救出发财的。"

丫头爹点点头。

根子爹:"你们一定要找到徐向前总指挥,把这个给他,告诉他飞机已经埋好了,请他放心。"

根子爹把罗盘放在丫头爹的手里,又嘱托道:"一定要送到啊!"

"一定!"丫头爹、丫头点头应声。

90.廖家药店 内 夜

丫头爹在收拾药箱和地契、房契、细软之类的东西。

丫头催促着:"快点走啊,天快亮了!"

丫头爹着急骂道:"你是崽卖爷田——不问价钱,这是五代先人辛苦挣下的家业呢。"

丫头叹了一口气。

门外两位赤卫队员在警惕地注视远处街口。

91.金家寨公所审讯室 内 夜

一只只老鼠被大胡子团长等匪兵放在发财身上,老鼠在发财身上、脸上爬着,发财痛苦地呻吟着,流着眼泪,她闭上眼睛。

大胡子团长用马鞭捅向发财的伤口。

发财"啊!"一声睁开眼睛,全身颤抖着。

大胡子和众匪兵得意地笑。

发财嘴唇颤抖着说:"我说,我说,你过来我说给你听。"大胡子团长俯下身来,侧身过去。

发财一口咬住大胡子团长的耳朵。

大胡子团长大叫着,捂住耳朵跳起来。

听到房间里的喊声,卫兵冲了进来,开枪射向发财。

发财吐出带血的耳朵,闭上了眼睛。

大胡子团长还在捂着耳朵跳着号叫着。

一卫兵跑进来:"报告团座,赵师长来了!"

赵师长走了进来,看到这一场景,眉头紧皱。

大胡子团长醒过神,对卫兵大叫:"去去!把那个老杂毛郎中给我逮回来,我要毙了他!"

卫兵带人下。

赵师长望着四散的老鼠说:"嗯?这是怎么回事?红军飞机呢?你啊你,成事不足,败事有余。"

大胡子团长捂着耳朵支支吾吾:"姐夫……师长!情况、情况是这样的……"

92.廖家药店　外　夜

狗吠声。

一赤卫队员在门外低喊:"廖掌柜快走,来不及了!"

门内,丫头爹边收拾东西边说:"一会就好,这就好!"

远处,响起了枪声。

门内,丫头爹惊恐的脸。

赤卫队员:"廖掌柜,快!从后门撤!"

丫头爹拉着丫头从后门走出,丫头拎起发财的包袱,跳上一只水筏子。

枪声骤停。

马弁高喊:"我说老杂毛快出来,不然我就把这个'赤匪'杀了。你不是医者仁心吗?快出来吧!"

赤卫队员喊:"别信他们的鬼话,快跑!"

"砰"的一声枪响,赤卫队员中枪倒地。

"给我放火烧,看他们出不出来。"

廖家药店一团大火起。

丫头在筏子上要起身,被丫头爹按下。

火光映红河面,映红丫头流泪的脸。

93.金家寨公所　内　日

赵师长在踱步,大胡子团长垂手而立,他的耳朵已包扎好,

"两个兔崽子半夜冒死到厨房要干什么?干什么?……"赵师长踱着步子自言自语。

马弁急急忙忙地过来,敬礼:"报告!报告!有个兄弟七窍流血,死在厨房里。"

赵师长对大胡子喊:"快去厨房!"说完匆匆出门。

94.金家寨公所厨房　内　日

赵师长看着倒在厨房里的匪兵甲。

匪兵甲七窍流血,手里还抓着一块熟驴肉。

赵师长掀开锅盖看锅里焖煮的驴肉,半晌站起身露出得意的微笑:"好好好!他们是要用水浒上的蒙汗药智取生辰纲啊,那我就将计就计,来个瓮中捉鳖。"

"姐夫……师长!什么意思?"大胡子团长不解地问。

"山人自有妙计!"赵师长摘下眼镜,眼睛发亮。

95.金家寨公所门前　外　日

旗杆上捆绑着根子、铁锁,一队匪兵在旁边巡逻。

对面的酱油铺里,根子爹等赤卫队员焦急地注视着门前动静,铁锁的奶奶跪在巡逻圈外。

一声哨响,四个国民党士兵抬出米饭桶和菜桶,喊:"吃饭了!吃驴肉!"

众士兵围了过来,纷纷嚷着:"天上的龙肉,地下的驴肉,好好!"

酱油铺门缝里,一赤卫队员低声对根子爹说:"发财没有招。"

"好样的!"根子爹答道。

门外,数名士兵吃着驴肉,片刻纷纷扔碗,捂腹,七窍流血地大叫着倒下。

铁锁奶奶睁大眼睛看着倒地的士兵,一愣,马上爬起身来拎着水壶向铁锁和根子奔去。

酱油铺里,根子爹说:"药起作用了,快！行动！"

数名赤卫队员冲出酱油铺直奔公所门前,为根子他们松绑。铁锁奶奶给他俩喂水,根子爹指挥赤卫队员:"撤退！"

突然,哨声响。两旁高墙上机枪架起,周围埋伏的敌人持枪而来。

根子爹:"冲出去！"说着开枪欲突围。

枪声大作。

赵师长大叫:"别开枪！抓活口！"

大胡子团长赶忙喊:"停止射击！停止射击！抓活的！"

根子爹和赤卫队员倒在血泊里。

铁锁受了轻伤,他把玉烟袋放在根子爹的手中:"根子爹,俺为你偷回来的。"

根子爹已经受重伤,微笑了一下:"好孩子！"转身对赵师长喊,"嗬！俺说你们还想要飞机吗?"

赵师长把手一竖,制止了士兵射击。

"俺就是你们要找的人,金家寨农会主席周维定,也是这次搬运列宁号飞机的领头人,你们要找就找俺,把这些孩子放了！"根子爹说罢,低声对铁锁和根子说,"孩子,来给爹点袋烟。"

根子和铁锁给根子爹点烟,看着敌人围过来。

根子爹抽了口:"好样的！有血性！"

根子伏在爹的身边痛哭着。

根子爹在根子耳边低声:"根子,俺下面说的话,你一定要记住!"接着对根子耳语起来。

根子睁大泪眼听着,点头。

赵师长走过来:"嘿嘿! 只要你说出飞机隐藏地,我们就放了他们。"

根子爹:"这样吧! 这是俺儿,这个是大牛家孩子,你们放了他俩。"

"不行! 你的儿子要留下来!"大胡子团长说。

"俺儿一定要放走,不然,咱们同归于尽!"根子爹说着举起了一颗手榴弹。

赵师长和大胡子团长后退几步,点点头:"好好! 我放了俩孩子!"

根子爹对一赤卫队员说:"快带根子他们走!"

根子哭着被赤卫队员拉走,回头喊:"爹! 爹!"

铁锁哭着被奶奶和乡亲们拉走,当他回头再看根子时,根子把小飞机模型举起来,铁锁挣扎着折回拿飞机模型。

大胡子团长冲过来,一把抢过飞机模型摔在地上,飞机模型四分五裂。

根子爹突然晕过去。

根子大声喊:"爹!"

赵师长:"把老家伙押回去!"又一努嘴,低声,"派人跟上小家伙,再把他抓回来!"

大胡子团长应声:"是!"

铁锁还在地下寻找着飞机模型的铁片,铁锁奶奶拉他一起走……

96.金家寨公所审讯室　内　日

大胡子团长等人在拷打根子爹。

"说!快告诉我飞机到底在哪里!"大胡子团长狰狞的面孔。

根子爹昂起脸:"你们打吧,俺是死也不会说的!"说完再次昏了过去。

赵师长进来说:"打不是办法。"

大胡子团长不解:"那咋办?"

一军医看过根子爹的伤口,向赵师长报告:"报告师座,他撑不过明天了,这胸口一枪太要命了,我都奇怪他怎么能活到现在。"

赵师长斥责大胡子:"让你们不要开枪不要开枪,你们这群蠢货!"

大胡子团长辩解:"是他们先开火的……我的兄弟吃驴肉还死了五六个……我们冤着呢!"

赵师长呵斥:"那是苦肉计,不死几个人,能引出这个老'赤匪'吗?你做梦去吧。"

大胡子团长支吾:"我的兄弟也是人啊。"

赵师长:"厚葬,厚葬吧!"

97.山道上　外　日

　　山道上，一赤卫队员护着根子在走。

　　数名国民党士兵冲出，一枪射中赤卫队员。

　　赤卫队员中弹牺牲。

　　数名国民党士兵抓住根子。

　　根子挣扎："你们这群畜生！"

　　国民党士兵押着根子往回走。

98.金家寨公所审讯室　内　夜

　　审讯室内，根子爬向昏迷的父亲，爬过的地砖上留下一行血迹。

　　根子捧起父亲的脸，用沙哑的声音喊："爹！爹！你醒醒，俺是根子！"

　　根子爹没有醒来，根子哭喊："爹！爹——"

　　一墙之隔，赵师长、大胡子团长等人在木板墙外听到根子的哭声。

　　他们脸上露出狰狞且得意的笑。

99.金家寨长街　外　晨

鸡鸣声响起,长街在晨光中渐渐清晰。

100.金家寨公所　内　日

根子爹慢慢睁开眼睛,看到根子已经睡着,急忙推了一下:"根子!根子!"

根子惊醒,叫了一声:"爹!"

一墙之隔,赵师长等人全神贯注地围在木板墙旁边。

"根子,这次你吃了大苦了,疼吗?"根子爹抚摸根子的脸,"疼,你就哼哼。"

"爹,不疼!俺是童子团团长,俺不怕!爹,你这次伤得太重了,三处枪口,有个伤口还在心窝边上。"根子看着爹。

"是呀!这次是凶多吉少了。根子,你帮爹点袋烟吧。"根子爹说。

根子给爹装好一袋烟,却没火,向门口喝道:"来人呀!来人呀!"

一墙之隔,赵师长对大胡子团长说:"给他火柴。"大胡子团长对马弁使了个眼色,马弁下。

马弁走进审讯室:"给你洋火!"

根子看了马弁一眼,接过洋火盒,爬到爹身边点烟。

根子爹吸了口烟,很享受的样子:"根子,爹这次如过不了这个坎,你就给俺制个木匣子埋了。"

"爹!"根子哭起来。

"别哭!你都是团长呢。"根子爹说着,发出一阵咳嗽,"水,俺要喝水。"

一墙之隔,赵师长示意大胡子团长送水,马弁下。

根子刚刚爬到狱门口,马弁就捧了一碗水来。

根子接过水看了一眼马弁,向爹爬去,在爹耳边轻声说:"爹,隔墙有耳!"

根子爹点点头,用烟锅重重地敲墙:"这烟丝真是好烟丝,不巧,有点霉。"

一墙之隔,大胡子团长被磕烟锅的声震得掩耳,赵师长打开纸扇扇着,踱着步。

大胡子团长走过来,问道:"姐夫,这招能行吗?"

赵师长把折扇一合说:"他就快死了,死前一定会把飞机的秘密告诉小兔崽子的。"

"姐夫推断得有理。"大胡子团长捋着胡须,竖起大拇指。

101.山间小路至斑竹乡　外　日

丫头爹和丫头在赶路。

山道旁的村庄大多被烧毁,大树上吊着几具尸体。

丫头爹向村民低声打听着什么,村民吓得回家关门关窗。

丫头和丫头爹茫然无措。

巷口突然蹿出清乡团的人,把他俩围了起来。

一个长相如猿猴的斜眼兵团总,就是在偃洼岭"围剿"根子他们的,用枪指着他俩:"你俩是干什么的?"

丫头爹赶忙说:"俺是金家寨廖氏药店掌柜廖哲明,这是犬子廖子豪。"

斜眼兵团总想了想:"金家寨廖家药店药好,医术好,在皖西一代可是出了名的。你俩怎么落魄成这样?不像呀,八成是扯个虚头来诳我的吧?"说着又举起了枪,身后的团卒也举起了枪。

丫头挺着胸:"咱们就是廖氏药店的,诳你们干什么?"

斜眼兵团总用枪指着丫头的额头:"那你背个汤头歌给老子听听!"

丫头藐视地看了斜眼兵团总一眼,仰头大声背起汤头歌诀:"四君子汤中和义,参术茯苓甘草比。益以夏陈名六君,祛痰补气阳虚饵。除祛半夏各异功,或加香砂胃寒使……"

丫头爹也摇头晃脑地跟着背起来。

父子同诵:"升阳益胃参术芪,黄连半夏草陈皮……"

斜眼兵团总摆摆手:"停!停!光会背汤头歌不算什么,你给老子看看有没有病。"

丫头爹一抬手说:"这边坐下把脉。"

斜眼兵团总顺从地坐在村口大树下的石凳上。

丫头爹把完脉又看完舌苔,说:"俺看你肝胆共亢,酒色两火丛生,加上你大多昼夜颠倒,肝胆胰肥大疼痛。老总,是这样吗?"

斜眼兵团总连连点头:"是!是的!你还真行,那我该如何医治?"

丫头爹捋了下短须:"俺给开服药,吃上一月,再静养一个月,少酒色,不杀生,自然就会痊愈的。"

斜眼兵团总:"这酒色,嘿嘿,就少点吧,这杀生还是免不了。这不,刚刚听说你四处打听红军,疑你是通'赤匪'的,差点我就把你给毙了。对了,我还是要问,你这四处打听红军干吗?"

丫头爹支吾:"俺,俺……"

丫头抢过话头:"爹!没什么不好意思说的,咱们是要债的,是向红军要药钱的。他们红军在咱家店赊欠了药钱,还打了欠条,这一打仗人就全跑没影了。"说着打开药箱下层的小抽屉,拿出一张欠条,"大伙论个理,自古都是欠账还钱,杀人偿命,怎么能跑腿赖账呢?"

斜眼兵团总看着欠条,对周围人说:"看看!我平时都跟你们怎么说的,嗯?跟着红军能落到好吗?"

丫头爹瞥了一眼丫头。

丫头:"老总,让咱们走吧,咱们还要向红军要债去呢。"

斜眼兵团总摆摆手:"红军向皖西去了两天了,你能追上,去吧去吧。"

丫头爹收拾好药箱向他们拱手："告辞！告辞！"

斜眼兵团总却一拦手："不过按规矩，我们要对你们搜身。"

丫头和爹交换了眼神："搜身？"

斜眼兵团总手下人来搜他俩的包袱，一个兵团卒搜到了罗盘，一个兵团卒搜出了一枝大人参。

斜眼兵总："嗯！你行医要罗盘做什么用？"

丫头爹赶忙说："俺祖上行医兼看风水，这是只坏了的罗盘。"

斜眼兵团总拿着罗盘又看了看："这可是军用的罗盘呀！"

丫头爹紧张地说："是俺家贤婿给俺的。"

斜眼兵团总突然一把抓住丫头的衣服："说！你说你姐夫叫什么？"

丫头脱口而出："他叫刘述义，国军八十三师一团长刘述义！"

斜眼兵团总又转身用枪指着丫头爹："你说叫啥！"

丫头爹快速答道："国军第六纵队八十三师一团长刘述义……老总，这棵百年老参是我店里的镇店之宝，你留用吧。"

"哈哈哈！"斜眼兵团总大笑，一挥手，"走吧，走吧！"

102.斑竹乡所办公室　内　日

斜眼兵团总手里拿着那根百年老参，哼着小曲进门，哼着哼着，突然停下哼曲，收起笑脸，目光变得凶狠起来。他眼前快速闪过盘问丫头爹时的一组镜头，最后落在那个罗盘上。

斜眼兵团总拍着桌子大叫一声:"啊!"

一手下:"团总,怎么啦?"

斜眼兵团总:"不对!老子上当了!快来人,快来人!去抓红军秘探……"说完把人参一掷,抄起桌子上的手枪跑向门外。

103.山道　外　日

丫头父子走在山道上。

丫头爹边走边对丫头说:"你怎么知道俺把红军的欠条放在药箱里了?"

丫头不屑:"你就是老抠门儿!哪张欠条你舍得扔下?你还想找红军要账,羞不羞啊?"

丫头爹:"那俺现在就把它扯了。"说着就要打开药箱,却看见山下不远处斜眼兵团总率人追来。

丫头:"坏事了,爹!咱们还是露馅了!快跑!"

丫头爹:"你快带着罗盘向西跑,快跑!俺来引开他们……只要把这独木桥拆了,他们就别想追赶上咱们,你快走!"

丫头:"爹,咱们一起拆快些啊。"

丫头爹给丫头一巴掌:"廖子豪,这是爹第一次打你,听爹的话,当个爷们,快去干正事。"

丫头眼泪欲夺眶出,点了点头,叫了一声爹,快速跑去。

丫头爹走到独木桥前,用双手搬动三根圆木捆绑的窄窄独木桥,几次都未搬动。

还乡团的人离独木桥越来越近。

丫头爹抬头看去,抹抹额上的汗,终于用力抬起了独木桥。

斜眼兵团总等人逼近,用枪指着丫头爹呵斥:"快给老子放下,不然明年的今天就是你的祭日!"

"不放!"丫头爹坚定地说。

斜眼兵团总怒道:"红军给你什么好处了,让你这么卖命!"

"没有给俺好处,他们还欠俺的钱,但红军把俺当人看!"丫头爹说完,一使劲把独木桥掀翻到山涧里。

斜眼兵团总和还乡团的人举枪射击。

丫头爹仰面倒下。

涧水激流。

斜眼兵团总傻傻地看着山涧。

奔跑的丫头听到枪声,停步转身,仰天叫了声:"爹!"

白云翻卷,激浪般地涌过山脊。

104.金家寨公所审讯室　内　日

"爹！爹!"根子抱着爹在呼喊着。

一墙之隔,赵师长、大胡子团长等人急忙冲出门去。

审讯室内,根子爹已经牺牲。

赵师长等人冲进,看着根子父子。

赵师长:"小孩子,告诉我飞机藏在什么地方。你爹一定告诉你了!"

根子怒视:"俺爹是告诉俺了,但俺不会告诉你们的。除非……"

大胡子团长气急败坏地上前一脚把根子踢晕了。

赵师长看了一眼大胡子团长:"武夫所为,莽撞!我看这孩子是个犟种,打恐怕不是办法。"

副官凑过脸来:"他会开口的,刚才他不是说'除非'了吗?"

赵师长:"哦?弄醒他,问问,问问。"

镜头推近根子的面庞,至他紧闭的双眼。

105.梦境

根子入梦境的一组镜头:

一架列宁号飞机在飞翔,根子和栓柱驾驶着飞机。

又一架列宁号飞机在飞翔,铁锁和哑巴驾驶着飞机。

又一架列宁号飞机在飞翔,丫头和发财驾驶着飞机。

大胡子团长和赵师长驾驶的飞机飞来。

少年的飞机向大胡子团长的飞机射击,大胡子团长的飞机被炸毁。

少年们露出笑容。

106.金家寨公所审讯室　内　日

昏睡的根子脸上露出微笑。

"哗",一桶水泼来,根子睁开眼。

大胡子团长的面孔。

大胡子团长逼视根子:"说！有什么条件,你说说看。"

根子:"俺爹是告诉俺飞机藏在哪里了,俺也可以带你们去,不过俺有个条件,你们现在就为几个被你们打死的叔叔和俺爹置几副棺材,葬了后,俺就带你们去找飞机。"

赵师长对大胡子团长说:"这个条件可以答应,你带人去买几副棺材来。"

根子:"还有,买几斤红生漆,俺要亲手为俺爹漆下棺。"

大胡子团长:"好！好！老子给你买去。这是什么事,还当起孝子了。"

根子无声地笑起来,目光投向远方。

赵师长:"嗯？你笑什么,小鬼！"

根子:"俺刚做了个梦,梦见俺和伙伴们开着飞机在蓝天上飞翔……"

"这好笑吗？我没觉啥好笑的呀！"赵师长踱步向牢门走去。

根子大笑:"好笑的是后边,咱们驾驶列宁号飞机,把你和大胡子驾的飞机炸得在空中开花了,哈哈哈哈哈！"

到了牢门口的赵师长脸色极度扭曲,把紫砂壶向地下一砸,喊:"给老子把他吊起来!"

107.金家寨公所　外　日

公所门前,根子站在一口棺材前。

一群街民在围观,其中有铁锁,他注视着根子。

根子拿着毛刷,拎着漆桶向棺材走去。

铁锁看到根子拿漆时,回忆起山洞里,根子曾说他不怕蜂子蜇,只怕漆,去年差点死了,还是红军救的。

铁锁喊:"根子,根子,你不能呀!"

根子向铁锁使了个眼色,然后坐下来,用那根铜头玉嘴烟袋点了一袋烟抽着,同时用一只手反复向铁锁打着手语。

手语字幕:铁锁快记下,列宁号飞机埋在东经××度,北纬××度,你快把消息告诉红军。这是任务!

铁锁咬着嘴唇,点着头,泪流满面,他从口袋里掏出一片树叶吹响。

哨声字幕:保证完成任务!

赵师长对大胡子团长说:"注意!防止小兔崽子出什么故事。"

大胡子团长:"姐夫师长,不可能出事了,你就放心吧!"转脸对根子嚷,"我说你他妈的干快点,不然这尸体要臭街了!"

根子看了大胡子团长一眼,走到棺材边,把棺材板移开,把铜头玉嘴烟袋放进棺材里,流泪盖上棺材板。

大胡子团长掩鼻走开。

108.天空　外　日

一只山鹰在叫,在飞。

山风大作,白云怒卷。

青松伫立。

109.金家寨公所门前　外　日

根子在刷油漆。

油漆滴在手上,马上就起了疙瘩。他故意把双手插在红色的油漆里,双手立马肿起来。

根子笑了。

根子把漆喝到嘴里,把一桶漆倒到头上。

根子大笑着,看向天空。

天空是红色的,一只红色的山鹰在飞,在飞。

根子倒下,向后倒下。

赵师长发现了异常,指着根子喊:"情况不妙,快!快!"

以下出默片画面:

大胡子团长在喊着什么。

副官、马弁等一群人冲了过去。

老百姓们围过来。

铁锁流着泪向人群外挤去。

110.山道　外　日

山道上,丫头在奔跑。

丫头擦去眼泪。

丫头跳过山涧。

丫头在狂奔。

丫头爬上山坡,对着山谷喊:"根子!栓柱!哑巴!发……媳妇,我看见红军的旗帜了!我就要找到红军了!"

丫头把发财的包袱打开,里面有许多纸叠的飞机,丫头把它们抖向山崖。

纸飞机在飞,山鹰在飞。

远处,一面红军的旗帜在飘扬,红日升起。

111.金家寨公所　外　日

大胡子团长走向根子,抓着根子的衣领:"告诉我!列宁号飞机在哪里?在哪里?"

赵师长叹了口气,望着远处高高的大别山,摘下眼镜。

"在那里,在那里!"赵师长手指着远处的大别山。

大胡子团长不解:"啥?"

赵师长又指向拥上来的群众:"在那里! 在那里!"

大胡子团长:"那、那老子就把他们全灭了! 机枪手,准备射击!"

赵师长摆摆手:"哎,那个秘密就藏在这大别山里,就藏在老百姓的心里啊……我们失败了,撤吧!"

说完他低头向公所大门走去。

大胡子团长恼羞成怒,挥手让机枪手射击。

枪声大作,子弹蹦跳。

铁锁奶奶喊:"铁锁,铁锁!"

铁锁停步回身看去,奶奶倒在血泊里。

一声枪响,铁锁的眼睛睁大。

一只山鹰从铁锁眼睛里"飞"出……

112.大别山　外　日

一只山鹰在飞。

一群山鹰在飞。

远处,一面红军的旗帜在飘扬,红日升起。

丫头身着红军军装走在队伍里。

同期音乐——发财唱的儿歌起:

满天月亮一个星

树梢不动刮大风

一根鸡毛没刮动

整块铁飞上天空

牵着犁耙扛着牛

屋山头里扒芋头

……

字幕加画外音：

1930年2月12日，国民党飞行员龙文光驾柯塞式飞机在河南罗山县宣化店迫降。后龙文光加入红军，改名龙赤光，我军将飞机命名为"列宁号"。

1932年7月，国民党第四次"围剿"，列宁号飞机被拆散埋入大别山中。

1951年9月，人们用锄头将埋藏了近20年的列宁号飞机部分零件挖了出来。面对当年红军的第一架飞机的残件，人们沉默地摘下帽子，悲恸地低下了头……而在大别山里，关于少年先烈的红色传奇正在传颂……

以上画面有龙文光、"列宁号"飞机老照片展现。

113.大别山　外　日

　　童声合唱《八月桂花遍地开》歌起：

　　八月桂花遍地开，鲜红的旗帜竖啊竖起来，张灯又结彩呀……

　　红日下，五位少年走在山岭上的剪影。

后　　记

　　我的编剧梦产生在青葱少年时期。

　　1975年,当我第一次看到彩色电影《战船台》时,银幕上展现的那与生活中一样真实的色彩,就让我有了这个梦——这辈子也要写一部电影剧本,然后把它拍出来,放给他人看。这该是怎样伟大的事业,肯定比当一个国王或一位将军更风光,这是我十岁左右时的真实想法。

　　我学写剧本是从读刊发电影剧本的杂志开始的。20世纪80年代,刊发电影剧本的杂志有很多,如《电影文学剧本》《电影剧本》《电影剧本园地》《世界电影》《电影创作》《电影新作》《中外电影》,此外,《十月》《当代》《收获》,还有《人民文学》都刊发电影剧本。我总是把来之不易的很少的零花钱慢慢积攒起来,去买杂志来看,我觉得很值,一块多钱一本的杂志上登三四部电影剧本,等于我看了三四部电影了,并且可以不断地回看,反复研读。

　　那时的电影剧本还不像现在这样,每个场景分"内""外"来表述,日本的电影剧本叫"脚本"。杂志的中间或封二、封三及封底,登着一些电影的彩色剧照,虽比《大众电影》的彩页少,但我喜欢。

我最初写剧本可能是在高中时期,那会儿我还兼写武侠小说。写作是在我住的披厦小屋里进行的,灯光下,覆盖在稿本之上的是高中课本,这样父母不易察觉,写好后就把稿本藏在自己的枕头套里。这个小伎俩终是瞒不过大人的眼,严父把这些文稿拎到门外,狠狠地扔向不远处的垃圾堆,仿佛扔一只死鸡,并揶揄道:"你也能写电影?……"下一句他没说,可能是:狗也能上树,猪也能犁田。这些事大多随着时间流逝而被我遗忘了,还是母亲在得知我的第一部电影《六号银像》拍摄的消息时,流着泪告诉我的。她还说:"要是你父亲迟走一年,就可以看到你写的电影了。"说这话时,是辛丑年的初冬,父亲刚走没满四个月。其实父亲去世的第八天,我就因为参加《六号银像》的电影剧本论证会,告别悲伤中的母亲,乘车去了宣城。高铁上,我睡得很沉,因为连日连夜守灵和办丧事,我身心疲惫。睡梦里父亲没有来,有关这部电影的事,也没在梦里出现。步入老年,我的睡眠中无梦是不正常的事。

现在想来,高中时期写剧本是很幼稚的事,那时还不知道剧本的结构是什么,蒙太奇是什么,更不知道人物塑造、语言对话以及桥段设置和故事推进的技巧。无知者无畏,到了今天,我还为自己的莽撞和果敢而窃喜,如果没有那时那一股天不怕地不怕的劲,恐怕真的没有今天这本书的诞生。真正写成剧本之前,我已走过了20年的文学创作之路,我写得很杂,比如小说、散文、诗歌以及纪录片、专题片、广播剧的脚本,这些对写好电影剧本可能是一个打基础的过程。从2004年到2015年,我在铜陵市广播电视台工作,那时我组织参与了五个广播剧的创作与制作,有作品获得了中宣部"五个一工程"奖和安徽省"五个一工程"奖。此外,我还参与撰写了若干个电视专题片和纪录片的脚本。有了这些,我才开始了真正的电影剧本创作。

2018年,我写了电影剧本《山鹰高飞》,2019年该剧被安徽省委宣传部列为"重点扶持电影"项目。

2021年,我又写了电影剧本《第六号银像》。

这个电影剧本的产生,首先要感谢作家余同友,是他告诉我,在旌德流传着一个一家三代舍命保护马克思银像,坚定马克思信仰,传播马克思主义,组织群众闹革命的真实的革命故事。后来我俩结伴,去宣城,去旌德三都等地进行采访。原先我俩准备联手写个报告文学,后来我和他商定,他写非虚构的(后来被中国作协列为重点项目),我写电影剧本。

由于梅大栋、梅大梁保护马克思银像的事迹感人,加之我的采访还算扎实,2020年12月28日到30日,我用了三天时间,把自己关在白湖农场的宾馆里,写出了这个剧本,先后改了九次之多。后经旌德党史专家和梅大栋家人审核同意,我投给了《中国作家》影视版。感谢范党辉老师,她用了三个月时间审核和编辑,并在当年第九期头条推出。剧本甫一刊出就受到宣城市委、市政府、市委宣传部、市文联以及旌德县委、县政府等各级领导的高度重视和关注。宣城市委认为在"四史"主题教育过程中,用本土的红色党史教育党员干部更有直接性也更有可信性,决定投拍这部红色电影。随后该市宣传部和文联及旌德县迅速展开拍摄洽谈工作,安徽皮猴子文化传播有限公司李墨言导演接受了拍摄任务。经过两个月的艰辛拍摄,现已杀青,拟在中国共产党第二十次全国代表大会召开前在全国院线上映。

至此,终于圆了我的编剧梦,或者说是电影梦。

出版这本书,我只选了公开发表的两部剧本,其实还有几部剧本在电脑里"睡觉"。哪个编剧不写废几个本子呢?这该是很正常的事。

如果要谈一下写这两个剧本的心得的话,我想说,一是"大事不虚,小事不拘"。这是写好历史题材剧本的关键,也是编剧行业里老生常谈的事。《山鹰高飞》里列宁小学的少年给"列宁号"飞机送油的故事,历史上是没有的。我在金寨红军历史展览馆看到"列宁号"飞机的照片时,就有一定的触动,后来又看到列宁小学,我就想,"列宁号"飞机与列宁小学的少先队员之间有没有可能发生故事或产生联系?"列宁号"飞机是真实的,列宁小学也是真实的,我就产生了让少先队员为"列宁号"飞机送油的想法,并设计在送油过程中遇到假红军,他们是如何在困境中历练和成长的。送油的过程,也是他们成长的过程。

《第六号银像》也是这样,我虚构了焦尔神父和小偷马青红两个人物。我让梅大栋和焦尔两个有各自不同信仰的人碰撞,产生关于信仰的戏份;我让小偷在梅大栋的教育下走上革命道路。这些虚构当然建立在一定的社会背景下,比如,宣城和旌德历史上都有教堂和神父,梅大栋就是被一个偷牛贼救出来的,如果没有这些背景支撑,打死我也不敢这样写。

二是写人性。这两部剧本都是革命题材,正剧革命者的形象,要写好,就要有一定的艺术性拔高,但更要把他们当"人"来写,而不能当"神"来写,归根到底还是要写人性,写个体的人在当时的社会背景下渐变、突变的过程。根子、发财、丫头、栓柱,他们正是因为送油路上的遭遇和磨难,才逐渐坚定了革命信仰,也变得成熟和勇敢了。梅大栋和梅大梁在革命低潮期也苦闷徘徊,但依然坚定地奋斗和不屈地抗争。就是对伪县长、国民党、敌军团长、叛徒等反面人物,我也尽量做到不脸谱化处理。从人性出发,写有血有肉、有情感、有温度的立体的人物,这是我要努力做到的。

三是要有可看性。革命题材电影最忌正面说教,要细雨潜入,润物无声,要用故事情节、细节打动人。比如在《山鹰高飞》里,我设计了根子为掐断敌人对"列宁号"飞机的追踪,忍痛把自己喜爱的狗"牛犊"杀死的情节；在《第六号银像》里,梅大栋的儿子被敌人扔到井里淹死,母亲被火烧死,都集中在一个时段处理,让人感到一种戏剧化的悲情效果。一定要让电影好看,只有先让其好看了,才能让观众在寓教于乐中受到熏陶和影响。

四是采访要深入、仔细,多方求证十分重要。为写《第六号银像》,我多次到旌德、宣城党史办,去请教陈虎山等党史专家,了解历史的发展轨迹和主人公的个人命运痕迹。我到三都拜访梅家后人,联系上了远在深圳的梅家后人——梅子牛先生,掌握了大量的第一手资料,从而使作品细节丰满,情节真实,人物形象立得起来。当然,还得下功夫修改剧本,反复改,才能使剧本有生命力。此处剧透一下,《山鹰高飞》我前后改了十二稿,《第六号银像》我"动刀"下狠手,改动有九次之多。凡事皆不易,还是那句老话:条条道上都有蛇,条条蛇都咬人。

走笔至此,我仿佛言已终了。如果要再说一句,我只想轻声对天国里的父亲说:"老爸,孩儿我终于写成剧本了……"

李　云